KB269607

나의
군악대
이야기

나의 군악대 이야기

ⓒ 문석환, 2026

초판 1쇄 발행 2026년 1월 1일

지은이   문석환
엮은이   사막여우
펴낸이   이기봉
편집   좋은땅 편집팀
펴낸곳   도서출판 좋은땅
주소   서울특별시 마포구 양화로12길 26 지월드빌딩 (서교동 395-7)
전화   02)374-8616~7
팩스   02)374-8614
이메일   gworldbook@naver.com
홈페이지 www.g-world.co.kr

ISBN   979-11-388-5057-5 (03810)

나의 군악대 이야기

지은이 문석환

엮은이 사막여우

좋은땅

들어가는 글

〈나의 클라리넷 이야기〉가 나온 지 얼마 되지 않은 것 같은데, 벌써 2년 반이라는 시간이 지났다. 그동안 많은 일들이 있었다. 오픈하고 처음으로 학원 리모델링을 했고, 책 덕분에 몇 번의 북콘서트도 했다. 또 얼마 전에는 개원 20주년 기념연주회도 열었다. 책의 영향력 때문인지 학생들도 많이 늘었고, 무엇보다 예전보다 자신감이 많이 회복된 것 같다. 내 이야기를 재미있게 잘 읽었다는 학생들이나 독자들을 대할 때면 부끄럽기도 또 뿌듯하기도 했다.

이번 책 역시 사막여우 님의 제안으로 시작하게 되었다. 〈나의 군악대 이야기〉는 용인경찰교향악단에서 군악병으로 복무했던 나의 군 생활 이야기이다. 누구나 그렇겠지만 당시에는 20대 초 음악적으로 한창 성장해야 할 시기에 군대에 가야 하는 현실이 참 괴롭고 힘들었다. 음악 전공을 살려서 군 생활을 할 수 있었던 것은 다행이었지만, 스스로 실력이 퇴보하는 걸 느끼면서 고민도 많았다. 하지만 지금 돌이켜보면 당시의 경험들이 지금까지 나를 버티게 해 준 커다란 원동력인 것 같다. 말수가 적고 소심한 성격이었지만, 군대에 있으면서 많은 사람들을 접할 수 있었고, 당시까지만 해도 아토피가 심했는데 제대하고 나서는 깨끗하게 완치되었다. 한 가지 안타까운 점은 내가 복무했던 용인경찰교향악단이 2019년 이후로 해체되었다는 점이다.

입대를 앞두고 있는 이십대들에게 해 주고 싶은 말은 물론 지금은 너무 가기 싫겠지만 군복무의 경험을 통해 많은 것을 배울 수 있고, 앞으로의 삶에서 스스로 자부심을 느끼는 큰 계기가 될 것이기에 두려워하지 말고 잘 이겨내라는 것이다.

지금은 용인필하모닉 단장님으로 계시는 정철주 지휘자님, 당시 소대를 책임지셨던 반장님들, 같이 군 생활을 했던 고참·후임들에게 감사 인사를 전하고 싶다. 또 고등학교 때부터 대학교 때까지 은사님이셨던 이임수 교수님과 오늘의 나를 있게 해 주신 부모님, 가족들에게도 진심으로 감사드린다.

제대한 지 25년 가까이 지났지만 아직도 그때의 기억이 생생하다. 독자들도 이 책을 읽고 많이 공감해 주었으면 하는 바람이다.

2025년 10월 문석환

〈나의 클라리넷 이야기〉 출간 후 작가 문석환의 변화는 매우 컸다. 우선 작가 스스로의 자존감이 많이 회복되었고, 학생들의 원장님에 대한 믿음과 존경심도 전에 비해 훨씬 커졌다. 수차례의 북콘서트와 연주회 그리고 여러 인터뷰를 통해 대중에 꽤 노출되었고, 적지 않은 팬들도 생겼다. 그에 비해 책을 기획하고 여러 행사를 지원했던 나의 변화는 거의 없었다. 그때나 지금이나 나는 대학원 학생이고, 그 사이 석사를 졸업한 것 외에는 뚜렷한 성취 없이 박사라는 다음 목표를 향해 매일매일 노력 중이다.

나는 문석환 작가의 이야기에 사람의 마음을 움직일만한 힘이 있다고 생각했다. 그래서 내가 먼저 이야기들을 책으로 내자고 제안했다. 하지만 막상 그 힘들이 실제로 작동하고 좋은 영향력들이 발휘되는 모습을 보니 배가 아팠다. 상대적으로 별로 성장하지 못한 내 모습이 초라하게 느껴졌다.

지난 20년 동안 한 자리에서 학원을 운영한 문석환 작가를 보면, 자연스럽게 내 인생을 돌아보게 된다. 그에 비하면 나는 정말이지 천방지축으로 살아왔다. 하지만 내 선택에 후회는 없다. 그동안의 나의 경험이 소중한 자산이 되어서 나를 더 단단하게 만들어 줄 것으로 믿는다. 다만 앞으로는 조금은 신중하게, 천천히 한 우물을 깊게 오래 파는 사람이 되고 싶다.

전작에 이어 〈나의 군악대 이야기〉를 기획한 이유는 마찬가지로 군악대 이야기들을 기록으로 남긴 책이 거의 없기 때문이다. 아무나 하기 힘든 특이한 군대 경험을 책으로 남기는 것도 의미 있는 작업이라고 생각했다. 〈나의 클라리넷 이야기〉가 "감동"이라면, 〈나의 군악대 이야기〉는 "재미"라 할 수 있을 것 같다. 개인적으로는 "사라진 다롱이 일경" 에피소드를 가장 좋아하고, "전설의 고향" 에피소드가 가장 재미있었다. 작은 바람이 있다면 문석환 작가의 〈랩소디 인 블루〉를 다시 들어보는 것이다. 독자들도 문석환 작가의 20대 시절, 2년 2개월간의 군악대 이야기를 재미있게 읽어주었으면 좋겠다.

〈나의 클라리넷 이야기〉 2쇄가 나왔을 때 나보다 더 기뻐해 주신 배애란 선생님. 이 책도 선생님의 자랑이 되었으면 좋겠다. 천방지축으로 살아왔지만 그래도 어디서나 사랑받는 사람으로 낳아주신 부모님께도 이 책을 빌려 감사의 말씀을 전하고 싶다.

2025년 10월 사막여우

프롤로그

<u>1996년 8월 5일 병무청 신체검사</u>

대학교 2학년 여름방학 어느 날, 우편함에 내 앞으로 편지가 한 통 와 있었다.

'병무청? 무슨 편지지?'

문석환 님께.

대한민국 남성은 병역의 의무에 따라 만 19세가 되면 신체검사를 받아야 합니다. 귀하는 아래와 같이 병역판정 검사(신체검사)를 받으셔야 합니다.

일시: 1996년 8월 5일(월) 오전 9시

장소: 서울지방병무청

※ 검사 대상자가 많으니 혼잡이 예상됩니다. 원활한 진행을 위해 가급적 일찍 도착하시기 바랍니다.

순간 나는 얼어붙었다. 물론 군대를 가야 한다는 것은 잘 알고 있었지만 아직 나에겐 머나먼 이야기라고 생각했는데, 당장 다음 주에 신검을 받으러 가야 하다니……. 나는 편지를 보자마자 엄마를 찾았다.

"엄마, 병무청에서 신체검사 받으러 오라고 편지 왔어요."
"그래? 언젠데?"
"다음 주요."

나는 현역으로 군대에 가기 싫었다. 그 후로 어떻게든 4급 받는 방법이 없을까 고민하기 시작했다. 지금이라면 AI에게 물어볼 수도 있었을 테지만 당시에는 지금처럼 인터넷이 발달하지 않았기 때문에 검색을 해 볼 수도 없었다.

'여자 흉내를 내볼까? 아니야 예전에 십이지장궤양에

걸렸었는데 그때 진단서를 떼서 가져가 볼까?'

혼자 이런저런 고민을 하고 있는데, 엄마가 나를 찾았다.

"석환아, 엄마 친구 아들 중에 아토피로 방위 받은 사람
이 있대."
"정말요?"
"응."

나는 뛸 듯이 기뻤다. 어렸을 때부터 아토피가 심했기
때문에 아토피 판정을 받을 가능성은 충분했다. 하지만
문제는 그동안 현미밥을 먹으며 꾸준히 관리를 해서 그런
지 대학을 입학하고 나서는 아토피가 거의 다 나은 것이
었다.

'이럴 줄 알았으면 현미밥을 안 먹는 건데!'

후회가 밀려왔지만 때는 이미 늦었다.

'그래 앞으로 일주일 동안 몸에 안 좋은 음식들만 먹고 술을 왕창 마셔야겠다.

나는 남은 일주일 동안 이 계획을 실천에 옮겼다. 진짜 몸에 안 좋은 음식들만 먹어서 그런지 몸이 조금씩 가렵기 시작했고 하루하루 심해지는 느낌이 들었다.

'됐다! 이제 아토피 판정을 받을 수 있겠어!'

드디어 신체검사 당일이 되었다. 늦잠을 자는 바람에 조금 늦게 신검 장소에 도착했다. 이미 많은 사람들이 줄을 서 있었다. 보아하니 최소 몇 시간은 기다려야 할 상황이었다. 나는 어쩔 수 없이 제일 끝으로 가서 기다렸다. 그런데 한참을 기다려도 줄이 줄지 않았다. 나중에 알고 보니 나처럼 방위나 면제를 받으려고 별의별 준비를 해 온 사람들이 많아서였다.

나는 점심시간이 지난 오후 2시가 되어서야 검사를 받을 수 있었다. 내 앞의 몇 명이 검사받는 과정을 지켜보는데 가관도 그런 가관들이 없었다.

한 명은 청력검사를 받는데 계속 아무것도 안 들린다고
했다.

"안 들립니다."
"지금도 안 들리세요?"
"안 들립니다."

'뭐야? 저 사람 진짜 안 들리는 거야?'
생각한 순간, 한 검사관이 갑자기 외쳤다.

"불이야!!!!!"

그러자 검사를 받던 그 사람이 놀라 잽싸게 일어나 밖
으로 뛰어나갔다. 검사관은 그 사람을 불러 세우고는 말
했다.

"정상"

다들 웃고 난리가 났지만 속으로 진짜 기발하다고 생각했다. 어떤 사람은 계속 미국인인 척 영어를 해댔고, 어떤 사람은 다리를 절뚝이고, 어떤 사람은 눈을 감고 봉사인 척을 했다. 다들 자기만의 방법으로 군대에 가지 않겠다는 의지를 피력하고 있었다.

나는 다른 사람들의 활약상을 지켜보며 열심히 팔다리를 긁었다. 조금이라도 아토피가 심해 보이기 위해서였다. 정말 열심히 여기저기 긁어댔더니 피부가 조금씩 붉어지면서 피가 나기 시작했다. 드디어 기다리던 내 차례가 되었다. 나는 검사관에게 팔다리를 보여주며 말했다.

"저, 아토피가 좀 심합니다."
"음…, 조금 심하긴 하네요. 언제부터 그랬어요?"
"어렸을 때부터 그랬습니다!"
"아, 그래요?"
"네!!!"

나는 희망이 보이는 것 같아 큰 소리로 대답했다.

'나이스- 이제 됐다.'

"2시간 있다 다시 오세요."

"네????"

"2시간 있다가 다시 오시라고요. 좀 지나서 괜찮은지 어떤지 다시 볼게요. 옆에 지켜보는 사람 있을 테니까 일부러 긁지 말고요."

"네……."

2시간이 지나자 팔다리가 거짓말처럼 괜찮아졌다. 그렇게 내 꿈은 한순간 물거품이 되었다. 나는 2급 현역 판정을 받고 집으로 돌아가 부모님께 비보를 알렸다.

"저 현역으로 입대해야 한대요."

"그래?"

순간 두 분의 눈에 눈물이 고이는 듯해 보였다.

"우리 아들, 몸 건강히 잘 다녀오고."

“네? 저 지금 군대 안 가요!”

“아무튼 가면 몸 건강히 잘 다녀오고.”

눈은 촉촉했지만 두 분의 입가에는 미소가 번지고 있었다.

목
차

제1장

＊────────────────────────────

훈련병

제1장

—

훈련병

입대 시험

<u>1997년 12월 2일 입대 시험</u>

"따르르릉- 따르르릉-"

"여보세요?"

"문석환 님이시죠?"

"네, 누구세요?"

"국립경찰교향악단입니다."

"국립경찰교향악단이요? 무슨… 일이시죠?"

"시험 일정이 나와서 연락드립니다. 내일 10시까지 경찰대학 오케스트라 강당으로 와 주세요."

"네?! 무슨 시험이요?"

"입대 시험입니다."

"네?!"

1997년 12월 1일. 국립경찰교향악단에서 온 전화를 받

은 그날의 기억은 아직도 생생하다. 당시 나는 그해 가을
에 있었던 동아콩쿠르에 떨어지고 방황하고 있었다. 콩쿠
르 준비를 위해 휴학까지 했지만 결과는 "탈락"이었다. 2
년에 한 번씩 열리는 동아콩쿠르는 1961년에 시작된 국
내 최고의 콩쿠르로 재능있는 신인들의 등용문이었다. 무
엇보다 지금은 혜택이 없어졌지만 1등 수상자에게 주는
군면제라는 혜택 때문에 수많은 연주자들이 도전하는 그
야말로 선망의 대상이었다. 나 역시 예외는 아니었다. 동
아콩쿠르 1등 출신인 레슨 선생님이 도전해 볼 만하다고
평가하셨고 나도 자신 있었다. 실제로 나는 1차 예선에서
1등으로 2차 예선에 올라갔다. 하지만 2차 예선 당일 갑
작스러운 배탈로 연주도 제대로 하지 못하고 탈락했던 것
이다.

콩쿠르에 떨어진 후 나는 한동안 방황했다.

'하늘도 무심하시지, 도대체 나한테 왜 이런 일이 벌어
진 거야…….'

　나는 2년 뒤에 다시 도전하기로 마음을 다잡고, 개인연습과 아르바이트 레슨을 하고 있었다. 그런데 갑자기 입대 시험이라니, 날벼락도 이런 날벼락이 없었다.

　"엄마! 경찰교향악단에서 내일 시험 보러 오라고 하는데, 혹시 무슨 일인지 아세요?"
　"아, 내가 원서 넣었다고 얘기 안 했니?"
　"네?! 엄마, 저랑 상의하고 넣으셔야죠! 말도 없이 원서를 넣으면 어떡해요!"
　"아… 나는 니가 당연히 경찰 군악대로 가는 줄 알았지. 그냥 시험 봐."
　"엄마!!!"

　사실 그 전부터 만약 군대를 간다면 용인에 있는 경찰 군악대로 가려고 했다. 당시 군악대 중 유일하게 정규 오케스트라가 있어 국내에서 가장 큰 규모의 군악대였기 때문이다. 나중에 알게 된 사실이지만 그때 어머니는 내가 일반휴학계가 아닌 군휴학계를 낸 줄 아셨다고 한다. 음악하는 아들이 갑자기 일반병으로 끌려갈까 봐 나름 여기저기 알아보고 원서를 내신 것이었다. 엎질러진 물이었다. 나는 대충 불어서 떨어지자는 생각으로 일단 시험을 보기로 했다.

다음 날. 국립경찰교향악단은 경찰대학 소속이었다. 지금은 경찰대가 충남 아산으로 옮겼지만 그때는 용인에 있었다. 나는 남부터미널에서 버스를 타고 용인터미널에 내린 후 택시를 타고 경찰대 정문에 내렸다. 생각보다 훨씬 시골이긴 했지만 공기도 좋고 편안한 기분이 들었다.

'안돼, 여긴 군대야! 문석환, 정신 차려!'

나는 스스로에게 정신 차리라고 다그치며 시험장으로 향했다. 시험장에 도착도 하기 전에 그곳에서 먼저 군 생활을 하고 있던 선후배들이 보였다. 인사를 하고 싶었지만 이럴 때 아는 척해서 좋을 게 없다는 선배의 조언이 생각나 못 본 척 대기실로 들어갔다. 당시 클라리넷에 모두 다섯 명이 지원했는데 네 명밖에 오지 않았다. 한 명은 시험을 안 치려고 그냥 안 온 것이라고 했다.

‘아……. 나도 그냥 안 오면 됐었구나!’

나는 바보같이 여기까지 억지로 시험 치러 온 나 자신을 원망했다.

“석환아!”

뒤를 돌아보니 캠프에서 만나 고등학교 때부터 친구인 요안이가 앉아 있었다.

“요안아! 너도 여기 시험 보러 왔어?”
“응, 너도?”
“진짜?! 두 명 뽑는다고 하던데 우리 둘이 붙어서 같이 입대하면 좋겠다!”

시험장에서 요안이를 만난 후 만약 요안이랑 같이 입대할 수 있다면 그래도 군 생활이 조금은 재미있을 것 같다는 생각이 들었다. 물론, 그건 엄청난 착각이었지만 말이다. 그렇게 시험이 시작되고 내 차례가 되었다. 당시 대장님과 단원 몇 명이 심사위원으로 앉아 있었다. 간단히 자기소개를 하고 면접관의 질문이 이어졌다. 그리고 곧 연주가 시작되었다. 시험곡은 자유곡이었다. 나는 〈모차르트 클라리넷 협주곡 가장조 K.622 (Mozart Clarinet Concerto in A major K.622)〉 1악장 연주를 시작했다.

"솔--미-파- 라솔파미미, 파레파레 도-시-"

연주를 시작하고 8마디쯤 되었나? 얼마 듣지도 않고 대장님이 "그만-"하셨다. 나는 속으로 '혹시 떨어진 건가?' 생각하면서 악기를 챙겨 시험장을 빠져나왔다. 요안이와 작별 인사를 나누고 집으로 돌아가는 길. 머릿속이 복잡했다.

'여기 붙으면 어떡하지? 동아콩쿠르는 시도도 못 해 보는구나⋯⋯.'

하지만 떨어지면 그것도 너무 창피할 것 같다는 생각이 들었다. 그렇게 버스에서 잠깐 고민을 하던 나는 집으로 돌아와 전과 같은 일상을 보내고 있었다.

입대

<u>1997년 12월 29일 훈련소 입소</u>

"석환아, 편지 왔다."

입대 시험 며칠 뒤. 어머니께서 내 방 문을 열고 편지 한 통을 주고 가셨다. 국립경찰교향악단에서 온 편지였다.

'귀하의 합격을 진심으로 축하드립니다.'

편지를 뜯어 첫 문구를 보는 순간, 갑자기 눈물이 핑 돌 았다. 기쁨의 눈물이 아닌 슬픔의 눈물이었다. 더 충격적 인 것은 다음 문구였다.

'문석환 님은 원래 1998년도 입대 예정이었으나, 현재 저희 국립경찰교향악단의 인원 부족으로 인해 12월 29일

훈련소로 입소해야 합니다. 너무 촉박하게 입소 통지를 드려 유감입니다.'

너무 촉박하게 입소 통지를 드려 유감입니다…….

'뭐?!!!!! 12월 29일?!!! 오늘이 며칠이지?'

나는 얼른 고개를 돌려 달력을 브았다. 입소 통지서를 받은 그날은 12월 9일이었다.

'뭐야?!! 3주도 안 남았잖아?!!'

3주 뒤에 입대라니……. 내 인생은 왜 항상 이 모양일까? 나는 그날부터 악기 연습도 하지 않고, 가르치던 입시 학생의 레슨도 다 취소하고 매일 친구들과 술만 마셨다. 하루…, 이틀…, 술에 빠져 몇 날 며칠을 보냈더니 눈 깜짝 할 사이에 입소 하루 전날이 되어 있었다.

'혹시 술을 많이 마셔서 내일 아침에 응급실에 실려 가

면 입소 날짜가 늦춰지는 거 아닐까?'

지금 돌이켜보면 말도 안 되지만, 당시 나는 정말 이런 생각으로 고등학교 동기와 밤새 술을 진탕 마시고 새벽이 되어서야 집으로 들어왔다.

"석환아!"
"……"
"석환아! 일어나, 지금 출발해야 해!!"
"……"

"아들!!! 정신 차려!!! 지금 출발해야 한다고!!"

술을 마시고 못 일어나면 구급차라도 불러줄 거라는 나의 예상과는 달리 다급해진 어머니는 어디서 났는지 엄청 센 분무기로 내 얼굴에 사정없이 물을 뿌리셨다.

"문석환!!!!"

'기절한 척 한 걸 어떻게 아셨지?'

나는 그렇게 씻지도 못한 채 퉁퉁 부은 얼굴로 아버지 차에 실려 훈련소로 향했다. 다행히 내가 배정받은 훈련소는 경찰대 바로 근처인 55사단이었는데 나름 편하다고 소문난 곳이었다. 훈련소로 향하는 차 안에서 부모님은 내내 아무 말씀이 없으셨다.

훈련소 근처 해장국 집에서 부모님과 마지막 식사를 하는데 갑자기 눈물이 핑 돌았다. 어제 술을 너무 많이 마셔서 속이 쓰리기도 했고, 이제 들어가면 2년 2개월은 죽었구나 생각하니 너무 서러웠다. 부모님은 아들이 엄마, 아빠와 헤어지기 아쉬워 우는 줄 아시고 같이 눈물을 글썽이셨다. 나는 제대하면 부모님께 꼭 효도하겠다는 평생 안 해 본 다짐을 하고 부대로 향했다.

훈련소 앞에 도착해보니 다른 동기들과 부모님들이 많이 모여 있었다. 거의 대부분이 울고 있어 그야말로 눈물바다를 이루고 있었다. 그때 한 조교가 부모님들을 보며 큰 목소리로 말했다.

"부모님들! 너무 걱정하지 마십시오! 저희가 형처럼 잘 돌봐주고, 아드님들 모두 건강한 청년으로 만들어 안전하게 집으로 보내드리겠습니다!"

선하고 잘생긴 조교의 이 말에 잔뜩 걱정하고 있던 내 마음도 조금 누그러졌다. 다른 동기들의 표정도 그래 보였다. 걱정이 좀 사그라들어서 그런지 내 얼굴에 약간 미소가 번졌던 모양이었다. 다른 조교 한 명이 내게 다가와 어깨동무를 하더니 귓속말을 했다.

"웃어?"
"…???"
"이제 니 앞에 지옥이 기다리고 있다."
"????!!!!!"

순간 나는 얼음처럼 굳어 버렸다. 부모님들이 우리 시야 밖으로 멀어지자 방금 내게 귓속말을 했던 조교가 외쳤다.

"훈련병들- 선착순 오리걸음 실시!!"
"실시!!"

그렇게 선착순 오리걸음과 함께 나의 길고 길었던 군
생활이 시작되었다.

입소식

<u>1997년 12월 29일 훈련소 입소</u>

입소식을 할 강당에 도착했다. 우리는 모두 숨소리마저 죽인 채 조용히 자리에 앉아 있었다. 이제 진짜 군 생활을 시작한다고 생각하니 앞으로 펼쳐질 날들이 더욱 암담하게 느껴졌다. 그때 한 조교가 들어왔다.

"모두 뒤로 가서 줄 맞춰 섭니다!"

조교의 말을 들은 우리는 서로 눈치를 보며 슬금슬금 일어나기 시작했다.

"끼이익- 끼이익-"

사방에서 의자 끄는 소리가 났다.

“동작 그만!!! 다들 엎드려뻗쳐!!!”

‘???’

“안 들리나? 다들 엎드려뻗쳐!!!”

우리는 다들 영문을 모른 채 허둥지둥 엎드리기 시작했다. ‘엎드려뻗쳐’가 뭔지 몰라 진짜 엎드린 놈, 천장을 보고 벌러덩 누운 놈, 그때까지 서서 우물쭈물하는 놈 등등. 강당 안은 대난장판이 되었다. 한참 기합을 받은 후 겨우겨우 제대로 줄을 섰나 했더니 다시 조교가 외쳤다.

“훈령병들, 팔굽혀펴기 3회 실시!!”

‘팔굽혀펴기?’

어제까지 민간인이었던 우리들이 갑자기 팔굽혀펴기를 잘 할 리 만무했다. 아니나 다를까 곧 여기저기서 곡소리가 나기 시작했다.

“꼭 해야 합니까?”

“저… 팔이 아파요……..”

오합지졸도 그런 오합지졸이 없었다. 하지만 조교는 전혀 아랑곳하지 않았다.

"팔굽혀펴기 3회 실시! 마지막 구호는 생략합니다."
"하나, 둘, 셋, 하나!"
"하나, 둘, 셋, 둘!"
"하나, 둘, 셋, 셋!!!"

분명히 마지막 구호는 생략한다고 했지만 우리는 모두 우렁차게 셋을 외쳤다.

"팔굽혀펴기 10회 실시! 구호는 정신을, 차리자!"

"정신을- 차리자"
"정신을- 차리자"

그렇게 우리는 한참 동안 얼차려를 받았다. 그제야 겨우 조금 군기가 든 것 같았다. 몇 시간처럼 길게 느껴졌던 얼차려가 끝나고 사단장님의 말씀이 시작되었다.

“여러분, 반갑습니다. 앞으로 4주 동안 우리 가족 같은 분위기로 지내며…….”

그 후 사단장님 말씀이 30분 넘게 이어졌다. 말씀을 들으며 앉아 있자니 졸음이 쏟아지고 목뒤로 식은땀이 나기 시작했다. 그날 새벽까지 술을 마셨으니 졸리지 않는 게 더 이상했다. 눈앞이 점점 흐려지는 걸 허벅지를 꼬집으며 참고 있을 때였다.

“쿵!!!”

무슨 소린가 싶어 다들 뒤돌아보니 동기 한 명이 의자에 앉은 채 뒤로 넘어진 소리였다. 놀란 교관들과 사단장님이 뛰어갔다. 알고 보니 자기도 모르게 잠이 들어 뒤로 자빠진 것이었다. 그 동기는 그 후 뒤로 불려 가 입소식이 끝날 때까지 얼차려를 받아야만 했다.

입소식이 끝나고 내무실 배치가 시작되었다.

"너희 줄은 1중대 1소대, 너희 줄은 1중대 2소대……."

나는 내무실을 추첨으로 뽑는다고 생각했는데 그냥 우리가 선 줄대로 소대가 나뉘어졌다. 나는 2중대 2소대로 배정받았다.

같은 소대의 동기들과 어색한 인사를 나누고 함께 내무실로 들어갔다. 내무실은 정말 예전 코미디 프로그램 '동작그만'에 나올 법한 모습을 하고 있었다. TV를 보면서 어떻게 저런 곳에서 생활을 할까 싶었는데 내가 4주 동안 생활할 곳이 이런 곳이라니 정말 막막한 기분이었다. 우리는 각자 자리를 잡고 조용히 부동자세로 앉았다. 몇 분이나 흘렀을까? 아까 강당에서 얼차려를 줬던 조교가 들어와 군복과 활동복을 나눠 주었다.

"입고 있는 사복은 다 벗어서 집으로 보낸다."

집에 소포를 보낼 때 동봉할 편지를 쓰라고 해서 편지를 쓰기 시작하는데 갑자기 눈물이 났다.

'어머니, 아버지 너무 보고 싶습니다. 아들 제대하고 나면 꼭 효도하겠습니다. 그동안 키워주셔서 감사합니다. 사랑합니다.'

갑자기 효자 귀신이 빙의했는지 그동안 부모님께 한 번도 써 본 적이 없는 오글거리는 말들을 편지에 썼다. 집으로 보낼 소포를 싸고 활동복으로 갈아입은 후 약간의 자유시간이 생겼다. 내무실 동기들끼리 이런저런 이야기를 나누기 시작했다.

훈련 시작

1998년 1월 훈련 1주 차

우리는 의무경찰 570기로 경찰청 소속으로 군복무를
할 훈련병들이었다. 의무경찰은 일반 군인들처럼 4주 동
안 육군 훈련소에서 훈련을 받고 다시 경찰학교에서 4주
간 훈련을 받아야 했다. 지금은 의무경찰 제도가 사라졌
지만 당시만 해도 나처럼 의경으로 군복무를 하는 사람들
이 상당히 많았다.

같은 내무실에 배정받은 우리는 서로 이름이 뭐냐, 사
는 곳은 어디냐, 나이는 어떻게 되냐 등등 가벼운 이야기
를 나누면서 금세 친해졌다. 그러다 자대 배치 이야기가
나왔는데 다들 걱정이 늘어졌다. 이곳 훈련소 교육이 끝
난 후 다시 경찰학교 교육을 받고 나서 어디로 배치될지
는 아무도 몰랐다. 교통순경으로 근무하거나 파출소에서

근무할 수도 있고 그 힘들다는 전투경찰로 근무할 수도 있었다. 경찰학교 교육을 받을 때 성적이 좋지 않으면 소위 빡센(?) 곳에 배치된다고 했다. 나 같은 경우 처음부터 용인에 있는 경찰교향악단으로 가는 것이 정해져 있었기 때문에 동기들이 다들 부러워했다.

한창 이야기꽃을 피우고 있을 때였다. 조교가 들어와 훈련 일정표를 나누어 주었다.

"우선 내일부터 매일 아침 알통 구보를 한다."

'알통 구보? 이렇게 추운데 알통 구보를 한다고?'

"1주 차는 제식훈련, 사격훈련, PT체조이다. 2주 차는 …… 3주 차는……"

3주 차에 화생방이 나오자 다들 표정이 급 어두워지기 시작했다. 화생방 훈련은 제일 무섭고, 또 하기 싫은 훈련이었다. 훈련 일정 설명을 들은 후, 저녁을 먹으러 줄을 맞취 식당으로 갔다. 배식을 받는데 밥, 시레기국, 김치, 깍두기가 전부였다.

'에이, 이게 뭐야⋯⋯.'

반찬에 실망하고 입맛도 없어서 꾸역꾸역 천천히 먹고 있을 때였다.

"훈련병들, 다들 3분 안에 식사 끝내고 연병장으로 집합!!!"

조교의 느닷없는 집합 외침에 우리는 남은 밥을 먹는 둥 마는 둥, 허겁지겁 설거지를 하고 연병장으로 나갔다. 연병장에 도착하니 갑자기 눈보라가 치기 시작했다. 조교는 눈이 오건 말건 전혀 아랑곳하지 않고 우리에게 구보를 시켰다. 첫날이라 아직 군가를 배우지 않아 군가를 부르게 하지는 않았다. 혼자 우렁차게 군가를 부르는 조교를 따라 연병장을 다섯 바퀴나 돌고 내무실로 돌아왔다.

그렇게 훈련소 입소 첫날이 무사히 끝나는 줄 알았다.
우리는 점호 후 10시에 불을 끈 상태에서 소곤소곤 이야
기를 나누고 있었다. 그때 갑자기 조교가 들어왔다.

"지금 얘기한 훈련병 누구야?!"
"전… 전데요?"
"요?!! 군대는 다나까인 거 몰라?!'
"네…???"
"다들 기상!!!"
'???'
"엎드려뻗쳐!!"

그렇게 잠들기 전 한참 얼차려를 받고서야 겨우 잠자리
에 들었다.

다음 날. 아침 6시.
기상나팔 소리가 스피커로 들렸다. 그런데 우리 내무실
인원들은 아무도 일어나지 못했다. 조교가 벌컥 문을 열
고 들어와 외쳤다.

"모두 기상!!"
"엄마… 엄마… 5분만요-"
"엄- 마-?"
"모두 기상!!!"

조교는 우리 내무실 전체에 얼차려를 줬다. 누구 하나가 잘못하면 전체가 얼차려를 받았기에 나는 속으로 적어도 내 실수로 동기들에게 피해를 줘서는 안 되겠다는 생각을 했다.

기합을 받고 허둥지둥 모포를 개기 시작했다. 그때 스피커에서 나오던 노래가 아직도 생생하게 기억난다. 바로 김경호의 〈나를 슬프게 하는 사람들〉이었다.

"쇼윈도에 걸린 셔츠를 보면- 제일 먼저 니가 떠올릴 사람-"

"언젠가 그가 너를- 맘 아프게 해 혼자 울고 있는 널 봤어-"

46

안 그래도 암울하기만 한 우리들의 앞날이 더욱 어둡게
느껴졌다.

제5화

종교 활동

<u>1998년 1월 훈련 1주 차</u>

훈련 1일 차, 2일 차, 3일 차… 그렇게 1주일이 흘렀다. 생각보다 힘들지는 않았지만 매일 소화해야 하는 빡빡한 일정에 우리는 점차 지쳐가고 있었다.

'휘유… 제대가 며칠 남았지?'

속으로 계산해 보니 제대까지 773일이 남아있었다. 앞으로 이 생활을 773일 더 해야 한다고 생각하니 눈앞이 캄캄했다. 밤에 취침 소등을 하면 왜 그렇게 먹을 것 생각만 나는지……. 엄마가 해 준 김치찌개, 컵라면, 짜장면, 탕수육…, 심지어 평소에는 쳐다도 보지 않던 초코파이와 콜라도 생각났다. 밤새 먹고 싶은 것들 생각에 잠이 오지 않았다.

그렇게 1주 차 주말을 맞았다.

"오늘은 종교 활동이 있다. 기독교, 천주교, 불교는 내무실 앞으로 나와서 집합하도록 한다."

조교가 내무실 방송을 통해 종교 활동을 알렸다. 나는 군대 오기 전부터 종교 활동을 가면 간식을 준다는 이야기를 들었다. 입대 전 교회를 다니지는 않았지만 부모님은 두 분 다 교회에 다니셨다.

'엄마 아빠가 기독교면 나도 기독교지……'

나는 얼른 일어나 기독교에 줄을 섰다.

기독교는 부대 안에 있는 조그마한 강당에서 예배를 보았다. 한 목사님이 오셔서 설교를 하셨는데, 믿음이라고는 전혀 없던 내가 눈물, 콧물 다 흘려가며 기도를 올리고 있었다. 예배가 끝나고 밖으로 나갈 때였다. 그렇게 고대하던 초코파이와 콜라를 나눠주는 것이 아닌가! 나는 말

그대로 초코파이와 콜라를 게 눈 감추듯 한입에 털어 넣었다. 그리고 터질 것 같은 행복감에 눈물을 글썽였다.

'그래…. 이 맛에 종교 활동을 하는구나!'

나는 종교 활동을 끝내고 기분 좋게 내무실로 들어갔다. 그런데 천주교와 불교로 갔던 동기들은 그때까지 돌아오지 않고 있었다.

'아직도 안 왔네? 얘네는 뭘 한다고 이렇게 늦는 거야?'

그때였다. 동기들이 밝은 표정으로 수다를 떨며 들어오기 시작했다.

"종섭아, 너네 종교 활동은 어땠어?"
"우리? 완전 대박이었지, 우리 외출 다녀왔어!"
"외출??"
"어, 성당하고 절은 부대 밖에 있었어…, 활동 끝나고 사제 비빔밥도 먹고, 오예스도 받았어!"

“사제 밥을?!!!! 거기다 오예스까지!!!”
“대박 맞지?”

나는 다음 주에는 무조건 성당에 가기로 마음먹었다.

‘외할머니가 성당에 다니셨으니까 나도 천주교라 할 수 있지.’

그렇게 2주 차 주말이 되었을 때 나는 당당하게 천주교에 줄 섰다.

“22번 훈련병, 너는 지난주에는 기독교였는데 왜 갑자기 천주교로 바뀌었나?”
“……”
“종교가 무슨 장난이야?!”

나는 그날 조교에게 실컷 얼차려를 받고 성당은커녕 교회에도 가지 못했다.

‘아, 내 초코파이……, 아, 내 콜라…….’

남은 2주. 나는 다시 독실한 기독교인이 되어 종교 활
동에 참가했다.

제6화

사격 훈련

<u>1998년 1월 훈련 2주 차</u>

2주 차에는 사격 훈련이 있었다. 지금 생각하면 많이 부끄럽지만, 학교 앞에서 오락실 사격 게임을 자주 했던 나는 잘 할 수 있다는 자신감으로 충만했다. 당시 교관은 우리에게 1등을 하면 집으로 전화를 하게 해 준다는 공약을 했다. 나는 또 효자 귀신이 빙의했는지 반드시 1등을 해서 집에 전화하리라 다짐했다. 나는 약간 긴장했지만 속으로 '집중'을 외치며 내 순서를 기다렸다.

그런데 내 바로 앞에서 사단이 났다. 앞의 동기가 사격을 하는데 아무리 방아쇠를 당겨도 총알이 발사되지 않았던 것이다. 당황한 동기는 갑자기 벌떡 일어나더니 조교에게 총구를 겨누고 말했다.

"총…, 총이 안 나옵니다!!"

그 자리에 있던 우리는 모두 경악했다. 다행히 조교가 침착하게 대처해서 무사히 넘어갔지만 지금 생각해 보면 정말 아찔한 순간이었다. 그렇게 한바탕 소동을 치르고 나서 내 차례가 되었다.

'나의 실력을 보여 주겠어!'

나는 속으로 파이팅을 외치고 사격을 시작했다. 과녁이 엄청 잘 보였다.

"탕!… 탕!… 탕!…"

나는 회심의 미소를 지으며 열 발을 다 쏘고는 집에 전화할 생각에 들떠 있었다. 그렇게 결과를 기다리고 있는데 조교가 나를 호명했다.

"22번 훈련병, 앞으로!"

나는 칭찬을 받는구나, 생각하고 당당하게 앞으로 걸어
나갔다. 의기양양한 내 모습에 동기들이 박수를 치며 환
호해 주었다.

"22번 훈련병, 머리 박아!"
'????'

나는 영문을 모른 채 일단 머리를 박았다. 그렇게 머리
를 박은지 한 5분 정도 지났을 때였다.

"22번 훈련병, 기상!!!"
"기상!!!"

조교는 내 과녁엔 2발만 맞춰져 있고 옆 동기 과녁에
18발이 맞춰져 있다고 했다. 내 덕분에 동기 점수도 계산
할 수가 없었던 것이다. 조교의 설명을 듣고 나는 얼굴이
빨개졌고 나머지 동기들은 배꼽이 빠져라 웃고 난리가 났
다. 그때 조교가 조용히 나를 불렀다.

“너… 혹시 사시냐?”

“아닙니다!!!! 사시, 아닙니다!!!”

그렇게 사격 1등을 해서 집에 전화해 보겠다는 꿈은 물거품이 되었다. 훈련이 끝나고 잠시 휴식을 취하고 있을 때였다. 한 조교가 헐레벌떡 뛰어오더니 선임 조교에게 귓속말을 했다. 뭔가 엄청 심각한 일인지 선임 조교의 표정이 일그러졌다.

“다들 주목! 지금 긴급상황이 발생했다. 탄피 하나가 사라졌다. 주머니에 탄피 챙긴 놈 있으면 지금 자진해서 나온다.”

“……”

“없어?!”

“없습니다!”

“그럼 다들 흩어져서 탄피를 찾는다. 사라진 탄피를 못 찾을 시에는 다들 밤새도록 얼차려 받을 각오를 해라.”

“네!!!”

　당시 기념품으로 탄피를 챙기는 훈련병들이 있었는지 조교는 우리 중 한 명이 탄피를 챙겼을 거라 의심했지만 우리는 모두 결백을 주장했다. 우리는 뿔뿔이 흩어져 탄피를 찾기 시작했다. 날씨는 춥지, 잘 보이지도 않는 탄피를 찾느라 눈은 빠질 것 같지, 허리도 아프고 배도 고프기 시작했다.

　'어휴… 내가 지금 뭐 하는 짓이람…….'

　그렇게 탄피를 찾기 시작한 지 한 시간쯤 됐을 때였다.

　"조교님! 찾았습니다!!"

　한 동기가 큰 소리로 외쳤다. 우리는 모두 드디어 탄피 찾기가 끝났구나 하는 마음에 안도의 한숨을 내쉬었다. 그런데 그것도 잠시, 동기에게 쫓아갔던 조교가 불같이 화를 내는 것이 아닌가?

　"엎드려뻗쳐! 지금 조교를 놀려?!!"

'????'

"이건 염소똥이잖아!"

다들 속으로 빵 터졌지만 내색하지 않고 계속 탄피를 찾기 시작했다. 그때 갑자기 진눈깨비가 내리기 시작했다. 추운 날씨에 점점 손 감각이 없어졌다. 날도 어두워 제대로 보이지도 않았다.

"다들 고생 많았다. 저녁 식사 집합할 수 있도록!"
"저희… 아직 탄피를 못 찾았는데 괜찮습니까?"
"음… 일단 다들 식사 대형으로 모여!"
"식사 대형으로 모여!"
"주목!"
"악!"
"여러분에게 미안한 얘기를 해야 할 것 같다. 조교 한 명이 탄피를 잘못 세서 숫자에 오류가 났다. 고생한 훈련병들에게는 식사 후 건빵 한 봉지씩을 나눠주려고 한다."
"……"

'뭐야, 이런 큰 실수를 건빵 한 봉지로 넘기다니?!'

불평불만도 잠시, 우리는 다들 건빵 먹을 생각에 방금
까지 한 고생은 금세 잊어버렸다. 나중에 알게 된 사실이
지만 탄피를 잘못 센 조교는 혼자 군장을 하고 연병장을
몇 바퀴나 돌았다고 한다.

제7화

눈물의 건빵

<u>1998년 1월 훈련 2주 차</u>

저녁을 먹고 건빵 한 봉지씩을 받은 우리는 다들 신이 났다. 오후 내내 탄피를 찾느라 했던 고생은 이미 기억 저 너머로 사라졌다. 나는 언제 건빵을 먹을지 행복한 고민을 계속하다가 취침 소등 후 몰래 먹어야겠다는 결심을 했다.

"종섭아, 나 소등하고 나서 건빵 먹을 건데 너도 같이 먹을래?"
"좋아!! 같이 먹자!"

나는 옆자리 동기에게 같이 먹을 것을 제안했고 동기는 마치 기다렸다는 듯이 흔쾌히 내 제안을 수락했다.

소등 후.

우리는 한 모포를 뒤집어쓰고 엎드려, 각자의 건빵을 먹으면서 대화를 나누기 시작했다.

"와삭- 너네 집 어디야?"
"와삭- 응, 우리 집 ○○동이야."
"와삭- 진짜? 우리 집이랑 가깝네-"
"와삭- 그래?"

캄캄한 모포 안에서 어찌 그리 건빵이 잘 넘어가던지, 그리고 밖에서는 거들떠보지도 않던 건빵이 어찌 그리 맛있는지. 순식간에 건빵 봉지의 반이 사라졌다. 줄어들고 있는 건빵에 아쉬워하고 있을 때였다. 갑자기 우리가 뒤집어쓰고 있던 모포가 '휙!'하고 벗겨졌다.

"지금 안 자고 몰래 건빵 먹는 놈들 누구야!!!"

우리 둘은 말 그대로 얼음이 되었다. 우리처럼 건빵을 먹지는 않았지만 소곤소곤 대화를 나누던 다른 동기들도 함께 사색이 되었다. 나중에 안 사실이지만 조교들이 일부러 조용히 내무실에 들어와 순찰을 하고 있었던 것이다.

"둘 다 따라 나와!"

우리 둘은 조교를 따라 행정실로 들어갔다. 조교는 우리에게 반성문을 쓰게 했다. 우리는 잔뜩 얼어 반성문을 쓰기 시작했다. 내 인생에 그렇게 열심히 반성문을 쓴 것은 처음이었다.

'다시는 취침 소등 후 건빵을 먹지 않겠습니다. 아니, 건빵 말고 다른 것도 먹지 않겠습니다. 잘못했습니다. 선처해 주십시오.'

그렇게 한 바닥 빼곡히 반성문을 쓰고 이제 내무실로 돌아갈 수 있나 싶어 눈치를 보고 있을 때였다.

"둘은 먹던 건빵 봉지를 물고 손을 든다. 실시!"
"실시!"

이제 다시는 소등 후에 건빵을 먹지 않겠다고 반성하고 있는데, 얼차려를 또 받다니 세상 억울했다. 그렇게 손을 들고 10분 정도가 지났을 때였다. 행정실로 교관 한 명이 들어왔다. 교관은 우리를 보더니 조교에게 물었다.

"무슨 일이야?"
"아, 취침 소등 후 건빵 먹다가 걸렸습니다."
"하하하, 배가 많이 고팠나 보네. 그래도 훈련병들 힘든데 뭔 손까지 들게 하나? 자야 하니까 얼른 보내 줘."
"네!"

그 교관은 어디선가 건빵 한 박스를 가져오더니 우리 앞에 놓았다.

"있다가 이거 들고 내무실로 복귀하도록."
'????'

우리 둘은 눈이 동그래져 서로를 쳐다보았다. 그렇게 벌서러 갔던 우리는 생각지도 못한 건빵 한 박스를 얻어

나왔다. 나와 동기는 불 꺼진 내무실로 들어가 조용히 잠
자리에 들었다.

다음날 아침.
나와 동기는 내무실 동기들에게 어젯밤의 무용담을 풀
며 신나게 건빵을 나눠 주었다.

“교관 한 마디에 조교가 엄청 쩔쩔매더라니까!”
“건빵 먹다가 걸렸는데 건빵 한 박스를 더 얻어왔다고!”
“진짜 대박이다!”

동기들은 우리더러 오늘 저녁에도 건빵을 먹으라고 했
다. 신나게 건빵을 나눠 주던 우리는 급정색을 했다.

“아니, 이제 다시는 소등하고 건빵 안 먹어!”
“안 먹어!!!”

제8화

수류탄 훈련

훈련 2주 차 4일째쯤 수류탄 훈련이 계획되어 있었다. 수류탄 훈련을 앞두고 나는 며칠 동안 악몽을 꾸었다. 수류탄 핀을 뽑은 후 몸통이 아닌 핀을 던지는 꿈, 수류탄을 던지려고 하는데 갑자기 팔이 마비되는 꿈, 수류탄을 던졌는데 바로 코 앞에 떨어지는 꿈, 등등등. 그렇게 제발 오지 말았으면 했던 수류탄 훈련날이 밝았다.

"다들 막사로 모인다!!"

훈련 교관은 아주 비장한 목소리도 우리에게 예전 훈련병들의 이야기를 들려주었다.

"예전 한 훈련병이 수류탄을 잘못 던지는 바람에 목숨

을 잃을 뻔했다. 그 훈련병은 정신적 충격으로 의가사제대를 했고 지금까지도 병원에 있다고 한다.”

‘헐…….’

물론 그 교관의 이야기가 다 거짓말이었다는 것을 나중에 알게 되었지만 당시에는 다들 무척 긴장하면서 진지하게 들었던 기억이 난다. 영하 10도가 넘는 추운 날씨에도 불구하고 등 뒤로 식은땀이 흘렀다.

그날 밖에는 눈발이 흩날리고 있었다. 우리는 아무 말 없이 교관의 인솔하에 수류탄 훈련장으로 이동했다. 막상 도착해보니 다리가 후들거렸다. 수류탄 낙하지점은 웅덩이처럼 깊게 파여있었다. 훈련장에 오와 열을 맞추어 집합하자 교관이 우리를 주목시켰다.
“자, 주목!”
“악!!”

우리는 잔뜩 긴장해서 대답했다.

"여러분들은 군인인가, 의경인가?!"

"……. 군인입니다!!"

"다시 한 번 묻겠다. 여러분은 군인인가, 의경인가?!"

"군인입니다!!"

교관은 뜬금없이 우리가 군인인지 의경인지를 물었다. 질문의 의도를 파악하지 못했던 우리는 어리둥절했다. 하지만 육군 훈련소에서 훈련을 받는 4주 동안은 군인이라고 생각했기에 군인이라고 대답했다. 의논하지 않았지만 서로 마음이 통했는지 일심동체로 군인이라고 대답했던 것이다.

"아니다!"

'????'

"여러분은 의경으로 입소했기 때문에 의경이다!"

'????'

"현재 훈련용 수류탄이 조금 부족하다. 부대에서 상의한 결과 의경인 여러분에게는 시범으로 수류탄 훈련을 대신하고자 한다!"

"와!!!!"

생각지도 못한 수류탄 훈련 취소에 여기저기서 안도의 탄성이 터졌다. 1997년에서 1998년으로 넘어가던 그 시기는 IMF 금융위기로 경제가 무척 좋지 않던 때였다. 아마도 당시 군수물자 보급에도 차질이 있었던 모양이었다. 부대에서는 수류탄이 부족했고 우리 다음에 진짜(?) 육군 훈련병들이 잔뜩 대기하고 있었기 때문에 의경으로 근무할 우리들에게는 수류탄 투척 시범으로 훈련을 끝낸 것이었다.

"조교가 수류탄 투척 시범을 보이면 큰 소리로 박수 칠 수 있도록!"
"악!!"

교관의 말이 떨어지자 조교가 바로 시범을 보였다. 너무나 멋있는 조교의 시범에 우리는 눈이 휘둥그레졌다. 우레 같은 박수가 절로 나왔다. 그렇게 잔뜩 긴장하고 올라갔던 수류탄 훈련장에서 우리는 웃으며 화기애애한 분위기로 내려올 수 있었다.

제9화

화생방 훈련

1998년 1월 훈련 3주 차

어느새 훈련도 3주 차에 접어들고 있었다. 3주 차에는 그 무시무시하다는 화생방 훈련이 기다리고 있었다.

"화생방 훈련하다가 진짜 이렇게 죽는구나 싶더라. 너도 마음 단단히 먹고 가는 게 좋을 거야."

화생방 훈련 당일. 눈을 뜨자 일주일 먼저 입소한 선임 훈련병이 했던 말이 떠올랐다. 다들 밤잠을 설쳤는지 얼굴이 부어있고 표정도 좋지 않았다. 한 동기가 분위기를 띄우려고 말했다.

"야- 우리 너무 긴장하지 말자. 설마 죽기야 하겠어?"
"……"

다들 아무 반응이 없었다.

오전 PT 훈련이 끝나고 점심시간이 되었다. 조금 이따가 눈물 콧물 흘릴 생각을 하니 입맛이 없었다. 나를 포함한 대부분 동기들이 먹는 둥 마는 둥 했다. 그렇게 식사를 마치고 밖으로 나오는데 갑자기 폭설이 내리기 시작했다. 우리는 눈이 이렇게 많이 오니 오후 훈련이 취소될지도 모른다고 생각했지만 화생방 훈련은 실내라서 그대로 진행된다고 했다.

훈련장에 도착하자 교관이 주의 사항을 알려 주었다.

"다들 주목!"
"악!!"
"화생방 훈련장 안에 들어가면 절대 말을 해서는 안 되고, 눈을 떠서도 안 된다!"
"악!!"

대답은 했지만 긴장한 탓에 교관이 하는 말이 들어오지

않았다.

"얼마 전에 훈련받았던 훈련병 하나는 거품 물고 쓰러져서 아직도 혼수상태다. 다들 주의 사항 명심하도록!"
"악!!"

'아직도 혼수상태에 있다고?!'

나중에는 이 이야기도 교관의 새빨간 거짓말이었다는 것을 알게 되었지만, 당시에는 정말 무섭고 겁이 날 수밖에 없었다. 주의 사항에 대한 설명이 끝나고 조교 한 명이 훈련장 문을 열러 갔다.

"어? 이거 왜 이러지? 문이 안 열립니다."
"뭐라고?"

추위에 문이 얼었는지 잘 열리지 않자 조교 여러 명이 달려가 문을 열기 시작했다.

"끙차- 끙차-"

그렇게 조교들이 문을 열려고 온갖 노력을 다한 지 30분이 지나고 있었다. 그 사이 훈련장 주위엔 눈이 더 쌓여서 문 열기는 더욱 힘들어 보였다. 도저히 안 되겠는지 훈련 교관과 조교들이 모여서 뭔가 상의하기 시작했다. 얼마 후. 교관이 입을 열었다.

"너희들은 정말 행운아들이다. 적어도 내가 훈련을 담당한 이후로는 이런 적이 처음이다. 폭설에 문이 얼어버린 관계로 오후 화생방 훈련은 생략한다. 대신 다음 훈련병들을 위해 훈련장 주위 눈을 깨끗이 치우도록 한다!"
"와!!!!"

우리 모두는 기쁨의 환호성을 질렀다. 우리는 그렇게 수류탄 훈련에 이어 화생방 훈련도 무사히(?) 넘겼다.

제10화

20km 행군

1998년 1월 훈련 4주 차

매일 이어지는 훈련을 소화하며 언제쯤 4주 훈련이 끝나나 싶었지만 어쨌든 드디어 훈련 4주 차가 되었다. 4주 차에는 조교들이 처음보다 조금 풀어주기도 했고 동기들끼리 친해져서 분위기가 좋았다. 우리는 마지막 훈련인 대망의 20km 행군을 남겨두고 있었다.

'이 추운 날 그냥 걷기도 힘들 텐데 무거운 군장을 메고 20km나 걷다니 얼마나 힘들까…….'

여름처럼 더위에 지칠 염려는 없었지만 행여 폭설이라도 내린다면 훨씬 힘든 행군이 될 게 뻔했기에 우리는 그저 날씨가 좋기만을 기도했다.

행군 당일. 다행히 날씨가 좋았다. 우리는 부랴부랴 아침을 먹고 군장을 싸서 막사 앞에 집합했다. 행군 출발 전, 사단장님 말씀이 있었다.

"훈련병 여러분들, 지금까지 여러 훈련들 잘 견뎌줘서 너무 고맙고 대견하다. 오늘 행군만 끝나면 모든 훈련이 끝난다. 다들 조금만 더 힘내도록!"
"악!!"

사단장님 말씀이 끝나고 20km 행군이 시작되었다. 처음에는 걱정했던 것보다 힘들지 않았다.

'행군도 별거 아니네…….'

라고 생각하는 순간, 갑자기 같이 행군하던 동기 한 명이 쓰러졌다.

"조교님, ○○ 훈련병이 쓰러졌습니다!"

조교들이 놀라 뛰어와 쓰러진 동기의 상태를 확인했다. 원래부터 기저 질환이 있었는지 거품까지 물고 쓰러진 동기는 구급차에 실려 급히 병원으로 이송되었다. 다행히 큰 일은 없었지만 너무 놀란 우리는 남은 행군이 두려워졌다.

행군을 시작한 지 두 시간쯤 흘렀나? 아직 반의 반도 못 왔다는 것을 알고 낙담하고 있을 때쯤 점심시간이 되었다.

"다들 여기서 휴식을 취한 후, 순서대로 식사를 할 수 있도록!"

행군하는 동안 배식차가 따라와서 우리는 그 자리에서 바로 배식을 받을 수 있었다. 그런데 이게 웬일? 국을 받자마자 국이 바로 얼어버렸다. 국뿐만 아니라 밥과 반찬도 꽁꽁 얼어붙어 제대로 떠지지 않았다. 그래도 너무 배가 고팠던 우리는 숟가락으로 밥, 반찬, 국을 깨부숴(?) 먹으며 깨끗하게 식판을 비웠다.

　쉬는 시간은 왜 그렇게 금방 끝나는지, 잠깐 쉰 것 같은데 다시 행군이 시작되었다. 많이 지친 우리는 서로 군장을 밀어주고 끌어주면서 행군을 이어 나갔다.

　그렇게 10km, 11km 조금씩 걷다 보니 어느새 해가 저물어가고 있었다. 내가 얼마나 걸었는지도 모르고 정신없이 무아지경으로 걷고 있을 때 한 동기가 소리쳤다.

　"막사가 보인다!"
　"정말?"
　"막사가 보인다!!"
　"와-"

　막사가 보인다고 하니 절로 걸음이 빨라졌다. 우리는 속보로 남은 구간을 완주했다. 그렇게 무사히 우리의 20km 행군이 끝났다.

　"아이고, 다리야!"
　"아이고, 허리야!"

내무실에 들어서자 여기저기서 곡소리가 들렸다. 방금 부대로 복귀할 때는 다리가 아픈 줄도 몰랐는데 내무실에 들어서자 하반신이 마비된 기분이었다. 힘든 행군이었지만 그래도 뭔가 해냈다는 생각에 나와 동기들이 자랑스러웠다.

퇴소날 아침이 밝았다.

"여러분 모두가 너무 자랑스럽다. 앞으로 사회 생활할 때 힘든 일이 있으면 훈련소 생활을 떠올리며 극복해 나가길 바란다."
"악!!"

순간 울컥하는 기분이 들었다. 그렇게 퇴소식을 끝내고 내무실에 들어가는데 한 조교가 나를 불렀다.

"형, 그동안 내가 좀 심하게 했죠? 이거 제 삐삐 번호니까 다음에 밖에서 한 잔 해요."
"아닙니다, 그동안 감사했습니다!"

나는 속으로 '내가 왜 너랑 연락하냐?' 싶었지만 일단 아무렇지 않은 척 인사를 하고 뒤돌아섰다. 우연찮게도 그 조교와는 나중에 길에서 마주치는 일이 있었다.

그렇게 파란만장했던 훈련소 생활이 끝났다. 우리는 다음 교육을 받는 수안보로 가기 위해 수원역으로 향했다.

제11화

수안보 중앙경찰학교 입학

1998년 2월 중앙경찰학교 교육

경찰청 소속으로 군복무를 하는 으리는 육군 훈련소 과정이 끝나고 수안보에 있는 중앙경찰학교에서 다시 4주간 교육을 받아야 했다. 1987년에 개교한 중앙경찰학교는 신임경찰 교육을 담당했는데 의무경찰 교육 역시 이곳에서 이루어졌다. 의무경찰 중 나 같은 군악대 소속은 매우 드문 케이스고 대부분은 의경이나 전경으로 배치를 받았기 때문에 군인이 아닌 경찰의 기본기를 배우는 과정을 거쳐야 했다.

수원역에 도착했다. 우리는 수원에서 대전까지 이동한 후 다시 버스를 타고 수안보로 이동해야 했다. 대전행 기차 출발 전 짧은 자유시간이 주어졌다.

“석환아!”

갑자기 나를 부르는 낯익은 목소리가 들렸다.

“엄마!!”

뒤를 돌아보니 부모님이 서 계셨다. 마침 훈련소 퇴소
날이 설 연휴여서 부모님은 잠깐이라도 아들 얼굴을 보려
고 수원역까지 오신 거였다. 갑자기 부모님 얼굴을 보니
나도 모르게 눈물이 났다.

“아이고, 우리 아들 얼굴이 반쪽이 됐네.”
“괜찮아요, 엄마. 저 잘 지내고 있어요.”

그렇게 부모님과 짧은 만남을 뒤로하고 기차에 올랐다.
중앙경찰학교에서 나오신 분이 기차에서 우리의 인수인
계를 받았다. 그분의 인솔하에 우리는 대전역에서 수안보
로 향하는 버스에 올랐다.

중앙경찰학교는 약간 대학 캠퍼스 같은 분위기가 났다. 훈련소와는 완전 다른 분위기였다. 왠지 조금은 편할 것 같은 기대감이 들었다. 물론 큰 착각이었다는 것을 나중에 알게 되었지만 말이다.

경찰은 생활 공간을 '내무실'이 아닌 '생활실'로 부른다. 우리는 생활실에 짐을 풀고 앞으로의 교육 일정을 들으러 대강당에 모였다. 다행히 훈련소에서 같이 내무실을 썼던 동기들과 계속해서 같은 생활실을 쓰게 되어 마음이 편했다.

교육은 대부분 오전은 강의, 오후는 실습으로 이루어졌다. 당시 의무경찰은 교통과나 파출소에 배치되기도 하고 데모 진압에 차출되기도 했기에 관련된 교육을 모두 받아야 했다. 물론 군악대 소속인 나는 이런 교육을 받을 필요가 없었지만 중앙경찰학교에선 모두 똑같이 교육을 받아야 했다. 모든 교육이 끝나고 치는 시험 성적에 따라 자대 배치가 결정되었기에 다른 동기들은 교육 기간 내내 긴장할 수밖에 없었다.

첫날은 강의실을 둘러보고 앞으로 어떤 식으로 교육을 받는지 설명을 들었다. 둘째 날부터 본격적인 교육이 시작되었다. 교육을 받으러 가는 길에 어디서 많이 본 듯한 얼굴이 지나갔다.

"저기…, 혹시…?"
"어??"
"이기우!"

같은 레슨 선생님 제자인 기우였다.

"기우야, 너도 이번에 들어왔어?"
"아니, 나는 지난주에 들어왔어."

알고 보니 기우는 나보다 일주일 고참이었다. 당시 경찰 군악대는 용인, 수안보, 부평 이렇게 세 군데가 있었다. 기우는 우리가 교육을 받던 수안보에 소속될 예정이라 아직 자대 배치 전인데도 틈만 나면 여기저기 고참들에게 불려 다니고 있다고 하소연했다. 나는 그렇게 기우와 몇 마디를 나누고 교육실에 들어갔다.

교육 시작 5분 정도 지났나? 너므 졸린 나머지 나도 모르게 깜빡 잠이 들었다.

'아- 잘 잤다.'

오랜만에 숙면을 취하고 개운한 기분으로 강의실을 나가려고 할 때였다.

"참고로 오늘 수업 시간에 졸았던 교육생들에게는 벌점 2점씩을 부과한다."
"네??!!!"

벌점을 준다는 교수님 말씀에 다들 깜짝 놀랐다.

'누가 졸았는지 어떻게 아시지?'

놀라면서도 벌점 2점 별거 아니겠지 생각하고 있을 때

였다.

"벌점 10점이면 교육 기간이 1주일 늘어난다."
"네?!! 진짜입니까?"

사실 교수님이 일부러 겁주신 것도 있었지만 드물긴 해도 실제로 벌점이나 시험 성적 때문에 자대에 늦게 오는 인원이 있기는 했다. 그날 이후 나는 다시는 졸지 않겠다고 다짐했다. 졸릴 때면 허벅지를 볼펜으로 찌르며 슬픈 생각을 했다.

제12화

수안보 중앙경찰학교 교육

<u>1998년 2월 중앙경찰학교 교육</u>

그날도 평소와 마찬가지로 오전에는 강의를 듣고 오후에는 실습을 하는 일정이었다. 오후 실습은 데모 진압 훈련이었는데 생각했던 것보다 훨씬 힘들었다. 우리는 공격조와 방어조로 나뉘어 가상의 데모 상황에서 공격과 방어를 번갈아 연습했다. 공격은 그나마 할 만했지만 방어는 쉽지 않았다.

'뭐야, 이래가지고는 데모 진압 가서 실컷 두드려 맞다 오겠네…….'

실습을 하다 보니 한겨울인데도 땀이 줄줄 흘렀다. 그래도 내가 전투경찰이 아닌 군악대라는 걸 감사하게 생각하며 열심히 훈련을 하고 있을 때였다. 실습 중 큰 사건이 터졌다. 한 동기가 공격을 하다가 상대방의 머리를 엄청 세게 내리친 것이었다. 물론 훈련 때 쓰는 봉은 진짜 경찰봉이 아닌 가벼운 소재의 봉이라 맞은 동기가 큰 부상을 입지는 않았다. 문제는 그다음이었다.

공격조와 방어조를 바꾸어 훈련을 하는데 방금 맞은 동기가 상대방의 머리를 더 세게 내리친 것이었다. 급기야 둘 다 봉을 팽개치고 주먹다짐을 하기 시작했다. 우리는 힘껏 싸움을 말렸지만 악에 받쳐 치고받는 둘을 떼어낼 수는 없었다. 결국 한 명이 병원에 실려 가고 나서야 사태가 일단락되었다. 두 동기는 징계를 받았고 결국 우리들보다 2주 늦게 교육을 수료했다.

정신없이 실습을 마무리하고 생활실에 들어와 쉬고 있을 때였다. 다른 생활실의 동기 한 명이 나를 찾아왔다.

"저기, 혹시… 용인 군악대죠?"
"네, 그런데요?"
"아! 드디어 한 명 찾았네요. 저도 이번에 용인으로 가는 송상우라고 해요.”

“아~”

　같은 국립경찰교향악단으로 갈 동기를 만나다니 너무 반가웠다. 훈련소 때는 정신이 없어서 군악대 동기를 찾을 생각을 못 했고, 경찰학교에서도 찾기 힘들겠다는 생각에 포기하고 있었는데 이렇게 만나다니! 나중에 다른 동기들도 찾게 되어 함께 용인으로 갈 5명이 처음으로 한 자리에 모였다.

　입대 시험을 같이 보고 국립경찰교향악단에 합격한 인원은 총 11명이었다. 그중 6명은 우리보다 1주일 먼저 입대했다고 했다. 합격 통지를 받고 3주 만에 입대한 우리보다 1주일 빨리 입대했으니 그 6명은 통지 2주 만에 입대한 셈이었다. 우리끼리 있는 자리에서 한 동기가 말을 꺼냈다.

　“그런데 같이 시험 봤는데 일주일 먼저 들어갔다고 해서 우리보다 고참인가?”

"글쎄……. 시험을 같이 봤으니까 동기 아닐까?"
"그러지 말고 나중에 자대에 가면 물어보자."

이 말이 얼마나 큰 후폭풍을 불러일으킬지 그때는 몰랐다.

교육 마지막 주에 그동안 배운 내용에 대해 시험을 봤다. 필기시험과 실기시험이 있었는데 군악대로 배치될 우리들에게는 실기시험을 면제해 주었다. 잘은 모르지만 우리는 이미 갈 곳이 정해져 있었기에 다른 동기들과 경쟁할 필요가 없어서 그랬던 것 같다. 그렇게 한 달간의 중앙경찰학교 교육도 끝났다. 어느덧 입대 두 달 차가 되어 있었다.

"용인 입대 5명 이쪽으로 오세요."

중앙경찰학교 수료식이 끝나고 학교를 나서는데 국립경찰교향악단 신병 조교와 소대 반장님이 우리를 기다리고 있었다. 우리는 잔뜩 긴장한 채 짐을 들고 봉고차에 탑

승했다. 약 두 시간을 달리자 멀리서 경찰대학이 보이기
시작했다.

Intermission(인터미션)

<u>국립경찰교향악단 소개</u>

국립경찰교향악단은 1981년 창설되어, 경찰 주요행사 지원과 더불어 국민과 경찰의 유대 강화를 위한 다양한 문화활동을 펼쳐온 관악·오케스트라 단체이다. 1983년에는 오케스트라 편제로 확대·개편되어 현재까지 약 5,000회 이상의 연주 실적을 기록하고 있으며, 매년 정기연주회, 초청공연, 전국 순회공연 등을 통해 국민들에게 클래식 음악의 아름다움을 전달하여 왔다. 교향악단이 담당하는 행사는 크게 정부·경찰 행사와 대민행사로 나누어진다. 3.1절이나 개천절 경축식과 같은 정부 주관 공식행사나 경찰 내부에서 진행되는 의식 행사에 동원된다. 또한 사회적 소외계층을 위한 찾아가는 음악회, 학교 방문 연주회 등의 행사에도 참여한다.

1992년부터는 의무경찰로 구성된 100여 명의 대규모 오케스트라로 성장하였으나, 2019년 의무경찰 제도의 폐지와 함께 경찰청 조직 개편 및 인력 재배치가 이루어졌다. 그 결과 현재는 서울, 중앙, 제주 경찰악대를 통해 24명의 경찰관들로만 운영되는 전문 연주단으로 재편되었으며, 국민 문화정서 확산과 경찰의 긍정적 이미지 제고에 꾸준히 기여하고 있다.

국립경찰교향악단은 의무경찰 제도가 있을 당시 클래식 음악을 전공한 남성 연주자들에게 가장 매력적인 진로로 여겨졌다. 군악대 중 유일하게 정규 오케스트라를 운영했고 그 규모도 전국에서 가장 컸기 때문에 안정적인 환경 속에서 꾸준한 연습과 다양한 무대 경험을 이어갈 수 있기 때문이다. 여기에 다양한 연주 활동을 통해 공연 기량을 유지하고 실전 감각을 익힐 수 있었던 점도 음악 전공자들에게는 큰 장점으로 작용했다.

제2장

—

이경

제13화

신고식

<u>1998년 2월 28일 국립경찰교향악단 자대 배치</u>

입대 첫날. 신병 조교의 인솔하에 경찰교향악단 정문에 들어섰다. 그런데 들어가자마자 제대를 얼마 남기지 않은 대학 선배와 마주쳤다.

"석환아!"
"이경 문. 석. 환!"
"석환아, 왜 그래? 나 동욱 형이야."
"잘 못 들었습니다."

신병 교육기간에 선배들 아는 척하면 큰일 난다는 이야기를 들었던 나는 동욱 형이 부를 때 절대 아는 척하지 않았다. 신병 조교는 우리를 강당으로 인솔했다. 거기서 우리는 교육지침, 선임들 이름 등등을 외웠다. 한창 교육일정을 외우고 있을 때였다. 동기 중 한 명이 조교에게 물었다.

"저기… 질문 있습니다."

"질문? 뭔데?"

"저… 같이 입대 시험을 봤는데 일주일 먼저 들어왔으면 그래도 고참입니까?"

"어… 나도 잘 모르겠는데? 잠시만 기다려. 내가 고참들한테 물어보고 올게."

신병 조교가 강당을 나서자 질문한 동기를 제외한 나머지 넷은 난리가 났다.

"야! 너 미쳤어? 진짜로 물어보면 어떡해!"

"뭐 어때? 궁금하면 물어볼 수도 있지."

"이러다 우리 진짜 큰일 나는 거 아니야?"

그렇게 다들 겁에 질려 떨고 있을 때였다. 최고참 3명이 강당으로 들어왔다.

“너네가 그 유명한 570기냐?”

“네, 그렇습니다!”

“먼저, 훈련소 입소하는 날 자대로 온 놈, 누구야?!”

‘뭐?’

알고 보니 우리 동기 중 한 명이 입소날 55사단으로 가야 하는데 경찰대학으로 왔던 것이다. 고참의 질문에 다들 웃음이 터지고 말았다.

“누구야?!!”

“접니다!”

“앞으로 나와!”

곧바로 다음 질문이 이어졌다.

“그리고, 일주일 먼저 들어온 것도 고참이냐고 물어본 놈, 누구야?!”

“……”

"누구야?!"
"접니다!"
"앞으로 나와!"

불려 나간 두 명은 바로 얼차려를 받았다.

"너네 셋도 머리 박아!"

한 30분쯤 흘렀을까. 고참 한 명이 말했다.

"일주일 고참도 고참이다. 앞으로 깍듯하게 대하도록 해."
"알겠습니다!"

그렇게 정신없이 교육을 마치고 우리는 각자 생활실로 배치되었다. 생활실에서 각을 잡고 앉아 있는데 누군가 들어왔다.

"넌 누구야."
"신병입니다!"

"신병? 너 총 가져왔어?"

"총… 말입니까?"

"그래, 너 총 없어? 총 안 가져오면 영창 가는데?"

"진, 진짜입니까?"

"그래, 너 얼른 매점 가서 사와."

"네, 알겠습니다!"

나는 당황한 나머지 우선 외상으로 사야겠다고 생각하고 매점을 향해 달려갔다. 등에서 식은땀이 흘렀다. 그때였다.

"형!!"

뒤를 돌아보니 먼저 입대한 고등학교 후배였다.

"석환형, 어디 가요? 그것도 혼자서?"

"아, 요한아, 나 총 사러……."

"풋. 형, 그거 고참들이 장난친 거예요. 얼른 생활실로 돌아가요."

'휘유-'

나는 안도의 한숨을 쉬고 생활실로 돌아갔다.

"너 바보냐?! 그걸 믿게?"
"아닙니다!"

그렇게 자대 첫날 신고식이 끝났다.

제14화

오케스트라 합류

1998년 3월 1일 교향악 축제 연습시작

자대 배치받고 다음날 아침이 밝았다. 아침부터 다른 생활실의 클라리넷 고참이 나를 찾았다.

"니가 문석환이지? 지금 집에 전화해서 어머니께 악기 가져오시라고 해."
"오늘, 말입니까?"
"그래, 너 오늘부터 오케스트라에 합류해야 해. 수석으로."

'수석??!!'

당시 우리 부대에 클라리넷은 총 13명이었다. 오케스트라는 그중에서도 실력이 좋은 2-3명만 들어갈 수 있었다.

나중에 들어보니 내가 자대에 오기 전부터 이미 나에 대한 소문이 쫙 돌았다고 한다. 당시 전역을 몇 개월 앞두고 있던 최고참이 얼른 수석 자리를 물려주고 편하게 지내고 싶어 내가 오자마자 오케스트라에 합류시키려고 한 것이었다. 그래도 그렇지 어제 들어온 신병에게 갑자기 오케스트라 수석이라니, 두 달 동안 악기를 잡아본 적도 없던 나는 당황할 수밖에 없었다.

"저… 두 달 동안 악기를 못 불었는게 말입니다……."
"괜찮아. 그냥 전에 하던 대로 불면 돼."
"알겠습니다."

오랜만에 집에 전화해서 어머니께 악기 가져와 달라는 말 한마디밖에 못하고 전화를 끊었다. 아들 전화에 곧바로 출발하신 어머니는 세 시간쯤 후에 부대에 도착하셨다. 나는 어머니께 악기를 받아서 곧장 오케스트라 합주실로 향했다.

당시 경찰교향악단은 〈교향악축제〉 전야제 연주를 앞

두고 있었다. 교향악축제는 국내에서 가장 큰 교향악단 행사로, 1988년 예술의 전당 개관 연주회 이후 매년 음악당 개관을 기념해서 열리는 행사이다. 내가 3월 1일에 연습에 합류했는데 3월 31일이 행사날이었다. 행사까지 딱 한 달이 남았던 것이다.

합주실에 도착해서 악보를 보는 순간 눈앞이 캄캄했다. 대부분 처음 보는 곡들이었다. 그래도 다른 곡들은 괜찮았는데 림스키 코르사코프(Rimsky Korsakov)의 〈세헤라자데(Scheherazade op. 35)〉라는 곡은 정말 어려웠다. 클라리넷 솔로 부분이 많았고 테크닉도 필요한 곡이었다. 초견으로 할 수 있는 곡이 아니었다. 그렇다고 못 하겠다고 할 수도 없는 노릇이었다.

악기를 조립하고 튜닝을 하는데 오랜만에 불어서 그런지 입술이 너무 아팠다. 몇 번 불지도 않았는데 금세 입술이 풀려 버렸다.

'아… 어쩌지……'

혼자 걱정하고 있을 때였다. 고참이 위로 아닌 위로를
해 주었다.

"괜찮아. 연습하면 다시 잘 할 수 있을 거야. 니가 잘 해
야 내가 빠질 수 있다."
"네……."

고참의 그 말이 나에게는 더 큰 브담이 되었다. 만약 내
잘못으로 고참이 계속 수석을 해야 한다면 남은 군 생활
이 순탄치 않으리라는 것은 불 보듯 뻔했다. 잔뜩 긴장하
고 집중해서 악기를 부는데 처음 합류한 나는 계속 박자
를 놓치고 삑사리를 냈다. 다른 사람들은 익숙하게 연주
를 하는데 나만 한참 동안 멍하니 앉아 있었다. 고참들의
따가운 눈초리가 느껴졌다.

첫날 연습이 끝났다. 마치 사흘처럼 느껴진 3시간이었
다. 나는 고참에게 혼날 생각에 잔뜩 위축되어 있었다. 그
때 고참이 나를 불렀다.

"괜찮아. 우리 같이 연습하자. 원래 처음엔 다 그런 거야."

그날 이후 매일 5시간 이상 합주연습을 했다. 교향악
축제는 워낙 중요한 행사고 남은 기간도 얼마 되지 않았
기에 나는 신병임에도 불구하고 저녁 6시 이후에 따로 2
시간 정도 개인연습을 할 수 있었다. 연습을 하다 보니 조
금씩 자신감이 생겼다. 테크닉도 점차 손에 익었다. 〈세헤
라자데〉가 워낙 중요하고 또 대곡이다 보니 그 곡에 대부
분의 연습시간을 할애했다. 그렇게 순식간에 한 달이 지
났다.

제15화

교향악 축제 D-1

당시 아침 구보와 식사를 마치면 8시가 조금 넘었는데 9시부터 오전 연습이 시작되었다. 다른 관악 행사도 있었지만 교향악 축제가 가장 중요한 행사이다 보니 나는 신병임에도 불구하고 다른 행사에는 열외되었다.

그렇게 막막하고 잘 되지 않던 곡들도 매일 연습 하다 보니 조금씩 익숙해지기 시작했다. 그리고 행사날이 다 되었을 때쯤에는 모든 곡들을 실수하지 않고 연주할 수 있는 정도가 되었다. 나는 속으로 적어도 나 때문에 연주를 망치지는 않을 것 같아 다행이라고 생각하고 있었다.

자대에 배치받자마자 큰 행사 연습을 하느라 힘든 하루하루를 보냈지만 좋은 소식도 있었다. 교향악 축제 행사가 끝나면 특별휴가를 보내준다는 것이었다. 우리 동기들과 바로 윗기수 고참들은 100일 휴가에 특별휴가를 더해 일주일 휴가를 보내 준다고 했다.

'대박!'

특별휴가 얘기를 듣고 속으로 좋아하고 있을 때였다. 한 고참이 찬물을 끼얹었다.

"야, 그거 나가봐야 아는 거야, 예전에도 그렇게 말한 적 있는데 행사 못 했다고 그냥 4박 5일로 끝났어."

나는 속으로 저 고참은 괜히 부러우니까 그렇게 말하는 거라고 생각했다.

정말 눈 깜짝할 사이에 행사 하루 전날이 되었다. 아침부터 분주하게 마지막 연습 준비를 했다. 그런데 시작부터 뭔가 맞지 않았다. 연주가 순조롭지 않게 돌아가자 고참들은 후임들에게 뭐라 하기 시작했고 지휘자와 악대원들도 서로 맞지 않아 삐걱대기 시작했다.

“이게 뭔가! 너희들, 특별휴가는 취소다!”

급기야 지휘자 대장님이 연습 도중에 나가 버리는 초유
의 사태가 발생했다.

“……”

고개를 푹 떨군 우리는 개인연습으로 남은 시간을 마무
리했다.

‘어떡하지……?’

걱정은 되었지만 내가 어쩔 수 있는 상황이 아니었다.
나는 모든 것을 하늘에 맡기자고 생각하며 잠자리에 들었
다. 그렇게 행사날이 밝았다.

제16화

교향악 축제

<u>1998년 3월 31일 교향악 축제 행사 당일</u>

행사날 아침. 완연한 봄 날씨가 참 좋았지만 다들 표정이 밝지 않았다. 특별휴가는 이미 물 건너갔고 이렇게 연주가 맞지 않아서야 행사를 망치지는 않을까 하는 걱정으로 온 막사가 적막했다. 우리는 오전 10시쯤 행사장으로 향하는 버스에 올랐다. 마치 전쟁을 앞둔 군인 같은 비장함이 느껴졌다. 그렇게 한두 시간 정도 흘렀을까. 저 멀리 예술의 전당이 보이기 시작했다.

나는 긴장되긴 했지만 꿈에 그리던 예술의 전당 무대에 선다는 생각에 무척 설렜다. 대기실로 들어가는 입구에 버스가 멈추어 섰다. 우리는 분주하게 악기를 나르고 무대 세팅을 시작했다. 준비 작업이 끝나고 근처 식당에서 점심을 먹는데 너무 긴장해서 그런지 밥이 넘어가지 않았다. 식사 후 잠깐의 휴식시간을 가지고 오후 3시에 리허설을 시작했다.

아니나 다를까. 리허설에서도 역시 어제처럼 지휘자 대장님과 박자가 맞지 않았다. 현악기와 관악기 박자가 계속 어긋났다. 이러다 실제 연주에서 엄청난 창피를 당하겠구나 싶었다. 더 큰 문제는 내 악기였다. 잠시 화장실에 다녀왔는데 악기가 넘어져 있었다.

'뭐야, 누가 내 악기 건드린 거야?!'

나는 기분이 상했지만 쫄병이라 아무 말 못하고 튜닝을 시작했다. 그런데 이게 웬일? 악기에서 전혀 소리가 나지 않는 것이었다.

'어쩌지? 이거 진짜 큰일 났다!'

그렇게 내 솔로 부분에서 아무 소리도 내지 못하고 리허설이 끝났다. 옆에 있던 클라리넷 고참이 물었다.

"문석환, 너 무슨 문제야?"
"악기 소리가 전혀 안 납니다!"
"뭐?!! 악기 이리 줘 봐."
"……"

고참이 악기를 살펴보더니 한심하다는 표정으로 나를
쳐다보며 말했다.

"너, 정신 안 차려?!"
"네?… 무슨 일인데 말입니까?"
"니가 직접 봐."

악기를 확인하는 순간 너무 어이가 없어서 헛웃음이 났
다. 화장실에 갈 때 소리가 나오는 벨에 침수건을 넣어놓
고는 깜빡한 것이었다.

'악기가 넘어져서 그런 게 아니었구나…….'

다행이라고 생각하고 안도의 한숨을 쉬고 있을 때였다.

갑자기 그 장면을 지켜보던 다른 고참들의 따가운 눈빛이
느껴졌다.

'오늘 연주 무사히 마쳐야 하는데, 진짜 큰일이네…….'

점심을 거의 먹지 못했는데 걱정되고 긴장되는 마음에
저녁도 제대로 먹지 못하고 무대에 올랐다. 배에서 '꼬르
륵 꼬르륵' 난리가 났다. 그런데 설상가상으로 갑자기 화
장실도 가고 싶었다. 처음에는 그다지 심하지 않아서 그
냥 참고 연주하자고 마음을 먹고 있었다. 그런데 공연 시
작 5분 전. 배가 정말 미친 듯이 아파 오기 시작했다.

"저 화장실 좀 다녀와도 되겠습니까?"
"뭔 소리야! 곧 연주 시작이잖아!"
"……"

이마에서 식은땀이 흘렀다. 엉덩이에서 지금 당장이라
도 터져 나올 것 같은 떨림이 느껴졌다. 나는 거기에 최대
한 힘을 줬다.

‘슬픈 생각을 하자. 슬픈 생각을 하자. 나는 슬프다. 나
는 슬프다.’

이를 악물고 참았지만 연주 직전 튜닝을 할 때 복통이 절
정에 치달았다. 그렇게 연주가 시작되었다. 첫 곡은 마스카
니(Mascagni)의 〈오페라 ‘친구 프리츠’의 간주곡(L' Amico
Fritz - Act Ⅱ. Intermezzo)〉이었다. 1부가 끝나야 화장실에
갈 수 있었다. 연주 중간중간 지휘자 대장님이 멘트를 했는
데 화장실이 급한 나는 그 멘트가 정말 한없이 길게 느껴졌
다. 이제 정말 한계에 다다랐다는 느낌이 들 때였다.

‘여기서 무너질 수는 없다, 문석환. 조금만 더 참자. 할
수 있다… 할 수 있다…!’

그렇게 1부가 끝날 때까지 무사히 버텼다. 나는 1부가
끝나자마자 쏜살같이 화장실로 뛰어갔다. 이제까지 내 인
생에서 가장 행복하고 통쾌한 순간이었다. 화장실에서 돌
아온 나를 보더니 고참이 물었다.

"문석환, 너 악기 어쨌어?"

'!!!!'

2부에 연주할 〈세헤라자데〉는 b플랫과 a조 악기 둘 다
필요했다. a조 악기는 무대 위에 그대로 있었는데 b플랫
악기가 보이지 않았다. 혹시나 하는 마음에 대기실에 가
서 찾아보았지만 보이지 않았다. 연주시간까지 3분 정도
남은 상황이었다. 악기를 찾으면서 머릿속으로는 별의별
생각이 다 들었다.

'나 이러다 영창 가는 건 아니겠지?'

거의 울먹이며 악기를 찾고 있을 때였다. 갑자기 '혹시
화장실?' 하는 생각이 들었다. 잽싸게 화장실에 가 보았더
니, 변기 옆에 가지런히 악기가 세워져 있었다. 얼른 무대
로 뛰어가 자리에 앉았다. 고참들은 모두 튜닝 중이었다.
마치 아무 일도 없었던 것처럼 나도 튜닝을 시작했다. 그
때 금관악기 고참 한 명이 뒤에서 말했다.

“너, 들어가서 보자.”

갑자기 등골이 오싹해졌다.

나는 연주만 잘 끝나면 특별휴가를 갈 수도 있다는 생각으로 최대한 집중해서 연주를 시작했다. 1악장을 하는데 이제까지 연습했을 때보다 훨씬 소리가 잘 나왔다. 1악장이 끝나자 지휘자 대장님이 나를 보고 미소 지어 주셨다. 나는 속으로 ‘됐다!’ 싶었다.

내 생각을 어떻게 알았는지 옆에 고참이 주의를 주었다.

“집중해!”

제일 어려운 4악장이 시작되었다. 그런데 마지막이라 지휘자 대장님도 흥분하셨는지 박자가 연습 때보다 두 배는 빨라졌다. 가뜩이나 테크닉이 어려운 곡인데 박자가 빨라지나 정말 죽을 지경이었다. 현악기와 관악기가 어긋나려고 하던 찰나에서 내 솔로부분이 다가오고 있었다.

'혹시 지휘자가 빨라지면 나를 봐.'

나는 악장이 했던 말을 떠올렸다. 악장을 쳐다보는데 악장도 나를 보고 있었다. 나는 악장의 몸짓에 박자를 맞추었고 다행히 무사히 연주를 끝낼 수 있었다. 연주가 끝나고 지휘자 대장님도 기분이 좋으셨는지 계속 우리를 일으켜 세우셨다. 우리는 기립 박수를 몇 번이나 받고서야 무대에서 내려왔다.

"다들 오늘 너무 잘했다. 휴가 잘 다녀오도록!"
"와~!!!"

모두에게 특별휴가가 주어졌다. 첫 휴가를 받은 나는 뛸 듯이 기뻤다. 마침 부모님이 연주를 보러 오셔서 대기실 앞에서 나를 기다리고 계셨다.

"엄마, 아빠! 저 바로 휴가 나갈 수 있대요!"
"정말? 잘 됐다. 그럼 얼른 집에 가자."

　나는 고참들 동기들과 인사를 나누고 곧장 집으로 향
했다.

제17화

첫 휴가

<u>1998년 4월 1일 첫 휴가</u>

휴가 첫날. 집에서 엄마가 부르는데 "이경, 문. 석. 환." 이렇게 대답하는가 하면, 엄마가 "아들, 뭐 먹고 싶어?" 묻는데, "잘 못 들었습니다!"라는 말이 나왔다.

집 근처 슈퍼에 가서 사장님과 눈이 마주치자 나도 모르게 "용무 있어서 왔습니다!"라는 말이 튀어나왔다. 모두 자동반사처럼 나온 말들이었다.

'휘유… 나 왜 이러냐 진짜…….'

나 스스로도 그런 내 모습에 기겁을 했다. 입대 세 달 만에 이렇게 변하다니.

휴가 첫날부터 그동안 먹고 싶었던 음식들을 한꺼번에 다 먹었다. 아침으로 김치찌개, 점심으로 피자, 짜장면, 탕수육을 먹고 저녁에는 베니건스에서 외식을 했다. 하루 종일 배 터지게 먹고는 배를 두드리며 저녁 10시에 잠이 들었다. 다음날 아침. 늦잠을 자고 싶었는데 자동으로 눈이 떠졌다. 6시에 일어나 각 잡아 이불을 개고, 동네 한 바퀴를 뛰고 집으로 돌아와 빨래를 했다. 두 분 부모님의 눈이 휘둥그레지셨다.

매일같이 엄마가 차려주는 진수성찬을 먹고 밤마다 친구들과 술을 마시다 보니, 어느새 부대 복귀 전날이 되어 있었다. 훈련소에 들어갈 때는 멋모르고 들어갔지만 첫 휴가가 끝나고 복귀하려고 하니 입대할 때보다 더 들어가기 싫었다.

'벌써 복귀라고?! 이틀밖에 안 지난 것 같은데…….'

부모님도 다시 부대로 들어가는 아들이 안쓰러우셨는지 용돈을 두둑이 챙겨 주셨다.

"아닙니다, 어머니. 그동안 키워주신 것만으로 감사합
니다. 저 돈 있습니다."

어느새 또 효자 귀신이 빙의했는지 돈도 없으면서 말도
안 되는 사양을 했다. 그리고는 어머니 성화에 못 이기는
척 용돈을 받았다.

복귀날 아침이 밝았다. 마트에 가서 첫 휴가 관행이라
는 고참들이 신청한 물품들을 잔뜩 사서는 부대로 가는
버스에 올랐다. 동기 한 명이 같은 버스에 타고 있었다.

"상우야."
"석환아."
"휴가 잘 보냈어?"
"응."

그렇게 짧은 인사를 나눈 후 우리는 도착할 때까지 각
자 창밖만 바라보았다. 버스에 내려서 부대로 향하는데
복귀하는 다른 동기들이 보였다. 동기 중 한 명이 말했다.

"우리 그냥 탈영할까?"

"응, 너나 해."

그렇게 짧았던 일주일간의 휴가가 끝났다.

제18화

사라진 다롱이 일경

1998년 4월 다롱이 일경 담당 시작

당시 우리 부대에는 11개 생활실이 있었고 나는 10 생활실이었다. 보통 한 생활실 정원이 12명이었는데 내가 들어간 시기에 사람이 많아 한 생활실에 13명 혹은 14명까지 같이 생활해야 했다. 우리 생활실도 정원보다 한 명이 많은 13명이라 최고 쫄병이던 나는 바닥에서 자야 했다. 고참들이 새벽에 근무를 나갈 때나 화장실에 갈 때 밟히기 일쑤였다. 그때마다 "이경 문석환!"을 외쳐야 했던 나는 서러움에 혼자 눈물을 훔치곤 했다.

그러던 어느 날이었다. 고참 중 한 명이 전출갔던 일경이 돌아왔다며 개 한 마리를 데리고 들어왔다.

"막내! 너가 이제 다롱이 담당이야. 다롱이 일경님께 경레하고 깍듯이 모셔."

"네! 알겠습니다."

대답은 했지만 속으로는 이게 무슨 상황인지 혼란스러웠다. 알고 보니 다롱이는 소대 반장님이 집에서 키우던 개였는데 이제 부대로 데리고 와서 키우게 된 것이었다. 다롱이를 실내에서 키울 수는 없었기에 생활실 밖에 줄을 메어놓고 아침 저녁으로 안부를 묻고 삼시세끼 밥을 내가 챙겨야 하는 상황이었다.

아침에 고참들을 깨운 뒤 밖에 있는 다롱이한테 가서 "다롱이 일경님 편히 주무셨습니까?" 안부를 묻고, 체조를 할 때도 데려가서 같이 운동을 시키고, 식사를 하고 돌아오면서 다롱이의 도시락을 챙겨와 먹이곤 했다. 상전도 이런 상전이 없었다.

그날도 평소처럼 다롱이 도시락을 받아왔는데 다롱이가 자고 있어서 조심스럽게 옆에 놓고 자리를 뜨려고 했다. 그런데 갑자기 다롱이가 깨더니 마구마구 짖기 시작했다. 끝도 없이 짖어대던 다롱이는 결국 도시락통까지 엎고 말았다. 결국 참아왔던 나의 서러움이 폭발했다. 나는 고참들의 눈을 피해 다롱이를 건조대로 데리고 가서 혼내기 시작했다.

　"야! 너 왜 그래? 안 그래도 힘든 군 생활 너 땜에 두 배로 힘들어졌어!"
　"……"
　"너 밥은 왜 엎어? 정말 혼나 볼래?!"
　"……"
　"너 언제까지 부대에 있을 거야? 집으로 가 버려!"
　"……"

　그날 이후 다롱이와 나는 데면데면한 사이가 되었다. 하루는 일과를 마치고 잘 준비를 하고 있는데 한 고참이 외쳤다.

　"큰일 났다. 다롱이가 없어졌어!"
　"진짜? 반장님이랑 산책하러 간 거 아니야?"

“그런가…….”

우리는 약간 찝찝하긴 했지만 설마 다롱이가 진짜 없어
졌을 거란 생각은 하지 못하고 반장님과 함께 있다고 생
각했다. 그런데 소등하고 자려고 할 때 반장님이 들어오
셨다.

“우리 다롱이는 잘 있나?”
‘?????’
“반장님, 다롱이 반장님이랑 같이 있는 거 아니었습
니까?”
“뭔 소리야?! 어제 당직하고 계속 방에서 업무 보고 있
었는데!”

순간 우리는 너무 놀라 서로를 쳐다보았다.

“뭐야, 다롱이 없어졌어?!”
“네… 그런 것 같습니다.”
“뭐야? 다들 막사 앞으로 집합!”

우리 생활실 모두는 막사 앞으로 집합했다. 그리고 얼차려를 받기 시작했다.

"이놈들, 오늘 내로 다롱이 못 찾으면 다들 영창 갈 줄 알아! 밤을 새워서라도 꼭 찾아와!!"
"네!! 알겠습니다."

고참들이 나를 째려보는 따가운 눈빛이 느껴졌다. 나는 고개를 푹 숙인 채 아무 말도 하지 못했다. 그때 한 고참이 말했다.

"이럴 시간이 없다. 빨리 흩어져서 찾아보자! 너네는 이쪽, 너네는 이쪽…."

밤 11시 정도 된 시간이었다. 우리는 2인 1조로 손전등을 들고 산속, 막사, 근무지를 샅샅이 뒤지기 시작했다.

"다롱아! 다롱아!"
"다롱이 일경님! 다롱이 일경님!"

그렇게 한참을 찾았을 때였다. 갑자기 다롱이가 건조대에 있을 수도 있겠다는 생각을 했다. 아니나 다를까, 재빨리 달려가 보니 다롱이가 그곳에서 엎드려 자고 있었다.

"다롱아!!!"

나는 너무 반가운 나머지 눈물이 나왔다.

"다롱이 찾았습니다!!!!"

내 평생 그렇게 큰 목소리를 낸 건 그때가 처음이자 마지막이었던 것 같다.

"진짜?!!"
"네!!!"

도대체 목줄은 어떻게 빼고 거기 가서 자고 있었는지 ……. 아무튼 그렇게 다롱이 일경님과 재회 후 나는 다시는 다롱이를 갈구지 않겠다고 다짐을 했다. 그 후 다롱이

와 나는 둘도 없는 친구가 되어 서로 의지하고 고민도 털
어놓는 사이가 되었다.

제19화

경찰대 청람체전 행사

1998년 5월 14일 제18회 청람체전

〈교향악 축제〉가 끝나고 한동안은 큰 행사가 없는 줄 알았다. 그런데 교육계에서 갑자기 내게 〈청람체전〉 행사에 참여하라고 했다. 〈청람체전〉은 경찰대의 축제라 할 수 있는 행사다. 원래 내가 들어갈 계획이 아니었는데 행사 참여 인원 중 한 명이 다치는 바람에 내가 차출되었던 것이다. 외부로 나가거나 규모가 큰 행사는 아니지만 의장대와 함께하는 합동공연이라 꽤 부담되는 행사였다.

경찰의장대는 정부나 경찰 행사에서 의장례, 경호경비 등의 임무를 수행하는 조직이다. 의장대로 선발되려면 키도 크고 체격이 좋아야 하는 것은 물론이고 총을 돌리는 의장시범을 보여야 했기 때문에 순발력도 좋아야 했다.

당시 군악대는 막사 1층에서 생활하고 의장대는 2층에서 생활했기 때문에 평소 서로 마주칠 일은 별로 없었다. 하지만 의장대는 우리보다 훨씬 규율이 엄격해서 같이 연습을 할 때면 왠지 평소보다 더 긴장되었다.

이번 행사에서 연주할 곡은 〈신아리랑〉, 〈블루스카이〉, 〈타령〉, 〈노들강변〉 같은 행진곡들이었다. 나는 이전에는 행진곡을 접해 본 적이 없었다. 당시 클라리넷 파트는 밑에서부터 막내 5명이 행사에 참여했다. 악보를 보지 않고 모두 외워서 하는 연주인 데다 의장대가 우리 연주에 맞춰서 의장시범을 보이는 행사였기 때문에 절대 실수가 있어서는 안 되었다. 이런 합동행사에서 우리가 실수하게 되면 악대 체면이 떨어지기 때문에 군악대 대 의장대의 자존심이 걸린 행사이기도 했다.

행사를 보름 정도 앞두고 연습을 시작했다. 행사 일주일 전 고참들 앞에서 악보를 다 외웠는지 시험을 본다고 했다. 우리 5명은 일과 중 일과 후 할 것 없이 매일같이 연습을 했다. 일반곡은 멜로디가 있지만 행진곡에서 클라리넷은 멜로디가 거의 없고 "따따따따- 따따따따-"식의 리듬 연주이기 때문에 외우기가 훨씬 힘들었다. 난생처음 행진곡을 연주하게 된 나는 엄청난 부담을 느낄 수밖에 없었다.

아직 악보를 다 외우지도 못했는데 시험날이 되었다. 합주실에 고참들이 앉아 있었고 파트별로 돌아가며 시험을 보기 시작했다. 5명 중 한 명이라도 실수를 하면 다 같이 엎드려뻗쳐서 입으로 악보를 외쳐야 했다.

"라라라시! 라라라시! 4마디 쉬고-"
"솔솔솔라! 솔솔솔라!"

기합을 받고 악기를 잡으면 방금 외웠던 악보가 또 기억이 안 나 다시 얼차려를 받았다. 그렇게 한 3시간 정도가 지나니 절대 외워지지 않을 것 같던 악보가 점차 외워지기 시작했다. 그때 행진곡들을 외우고 나니 다른 일반곡들을 외우는 것은 말 그대로 '식은 죽 먹기'가 되어버렸다.

행사 당일.

우리는 행사복으로 갈아입고 경찰대 운동장에 집합했다. 합동행사 리허설을 하는데 의장대와 호흡이 무척 잘 맞았다. '오늘 행사도 무사히 잘 끝나겠구나.' 싶은 생각이 들었다. 연주 리허설 후에 의장대의 총검술 시범을 보는데 정말 멋있었다. 그렇게 넋을 놓고 총검술 시범을 보다 보니 어느새 행사 시작 시간이 되었다.

군악대와 의장대가 다 같이 "파이팅!"을 외친 후 자리를 잡았다. 당시 군악대와 의장대는 각 20명으로 편성되었는데 인원수가 적은 편이라 한 명만 실수를 해도 금방 티가 나는 상황이었다. 우리 모두는 초긴장해서 연주에 집중하려고 애썼다. 다행히 첫 곡 〈신아리랑〉이 무사히 끝났다. 악대 연주도 완벽했고 의장대 동작도 흠잡을 데 없었다.

문제는 두 번째 곡이었다. 〈블루스카이〉였던 것으로 기억하는데 잘 나가다가 클라리넷 솔로 부분에서 5명 모두가 소리를 안 낸 것이었다. 고음 부분에서 삑사리가 날 것 같아서 눈치를 보다가 안 불었는데 다들 나와 같은 생각이었는지 우리 모두 그 부분을 불지 않은 것이었다.

'아…. 끝났다.'

행사 끝나고 얼차려 받을 생각을 하면서 연주를 계속하고 있을 때였다.

"철-컥- 철퍼덕!!"

의장대 두 번째 줄에서 총을 돌리던 일경이 총을 놓쳐버렸다. 행사장에 있던 의장대는 물론 뒤에 있던 우리 분위기까지 얼어붙었다. 나는 그 상황에서도 의장대가 실수해서 우리는 좀 덜 혼나겠구나 하는 생각을 했다.

그 뒤 곡들은 큰 실수하지 않고 무사히 끝났다. 사실 어떻게 불었는지 기억도 나지 않을 만큼 정신없이 불고 행사가 마무리되었다. 우리 5명은 고참들에게 혼날 생각에 고개를 푹 숙이고 막사로 걸어가고 있었다. 그때 트럼펫 고참이 뒤에서 우리를 불렀다.

"야! 클라파트!"

우리는 화들짝 놀라며 올 것이 왔구나 생각했다.

"너네 짰냐? 다 같이 안 나와서 사람들이 실수인지도 모르더라. 호흡이 잘 맞네?"

천만다행으로 지휘하셨던 소대 반장님도 별말씀이 없으셔서 그날의 실수는 조용히 넘어가는 분위기였다.

'휘유- 다행이다.'

저녁을 먹고 생활실에서 쉬고 있는데 위층에서 큰 소리가 들렸다. 오늘 총을 떨어뜨린 의장대 일경이 얼차려를 받는 소리였다. 다음날 들어보니 그 일경은 밤새 군장을 메고 연병장을 돌았다고 했다. 그게 끝이 아니었다. 그 일경은 군대로 치면 군기교육대라 할 수 있는 중앙경찰학교 기율교육대에 들어간다고 했다.

'총 한 번 떨어뜨렸다고 기율교육대까지?!'

나는 수안보 중앙경찰학교에서 마주쳤던 기율교육대 교육생들이 떠올라 몸서리쳤다.

'음악하길 잘했다…….'

나는 부모님께 감사 인사를 드리며 잠자리에 들었다.

Intermission(인터미션)

중앙경찰학교 소개

중앙경찰학교는 신임경찰 교육을 전문화하기 위해서 1987년 9월 18일 국토의 중앙인 충주시 수안보면 적보산 기슭에 개교하였다. 경찰간부후보생 과정과 경찰대학 과정, 그리고 일반 직원을 양성하는 경찰종합학교의 후신으로, 경찰종합학교는 뒤에 경찰교육원으로 바뀌어 현직 경찰관들의 교육을 맡게 되었고, 현재는 경찰인재개발원으로 이름이 바뀌었다.

1983년부터 의무경찰 제도가 도입되면서 당시 모든 교육을 담당하던 경찰종합학교는 교육과정들이 포화 상태에 이르렀다. 그래서 간부경찰은 경찰대학, 경찰종합학교(경찰인재개발원)는 기능별 경찰과정과 경찰간부후보생을, 새로 창설되는 중앙경찰학교는 일반직원과정을 맡게 되었다.

2010년대 초반까지 전투경찰과 경찰청 의무경찰의 후반기교육을 담당하기도 하였다. 또한 운전교육 등 전·의경들을 위한 다양한 보수교육과정을 운영했다. 특히 2000년대만 해도 군의 군기교육대에 상응하는 곳인 기율교육대가 설치되어 있어 전·의경들 사이에서는 공포의 대상으로 꼽히기도 했다. 이후 신임 의경대원을 위한 교육과정은 각 시·도경찰청 산하의 의무경찰교육센터로, 운전요원 교육 등 일부 교육과정은 기동본부 등으로 이관되었다.

제3장

—

일경

제20화

에버랜드 행사

국방부 시계는 거꾸로 매달아도 간다고 하더니, 어느새 나도 일경이 되었다. 일경이 되었지만 나에게는 아직 후임다운 후임이 없었다. 이경 초반에 들어온 후임 한 명은 무슨 대단한 빽이라도 있는지, 주말마다 외박에, 수시로 외부 병원을 들락거렸다. 본인 스스로도 뭔가 믿는 구석이 있는 듯 행동했기 때문에, 후임으로 대할 수 없었다. 이 친구와는 나중에 크게 한 번 부딪히기도 했다. 이경 4개월째에 또 다른 후임이 들어왔지만 그 후임은 음악 전공이 아니라 곧바로 행정반으로 차출되었다. 그 후로 상경까지 새로운 후임은 들어오지 않았다.

그렇게 일경이 되었지만 여전히 막내나 마찬가지였고 매일 똑같은 일과와 작업이 반복되었다. 그러던 어느 날이었다. 오랜만에 오케스트라로 연주하는 큰 행사가 잡혔다. 첫 연습 때 지휘자 대장님이 말씀하셨다.

"이번 행사는 야외공연이다. 에버랜드 알지? 거기서 공연하는데 유명한 가수들도 오고 텔레비전에도 나간다고 하니까 절대 실수하면 안 된다."
"네!!"

우리가 있던 경찰대에서 에버랜드까지는 차로 30분 정도면 도착하는 가까운 거리였다. 에버랜드에서 하는 야외행사라는 말에 다들 들뜨는 분위기였다. 협연곡도 있었고 그냥 연주곡도 있었는데 다행히 곡들이 〈교향악 축제〉 때보다 어렵지는 않아서 연습할 때 큰 부담은 없었다. 문제는 공연 당일의 날씨였다. 날씨가 좋지 않으면 행사가 취소될 수도 있었다. 당시에는 일기예보가 지금보다 정확하지 않았고 또 공연 당일의 날씨를 미리 알 수 있는 방법도 없었기에 우리 모두는 날씨가 좋기를 기도하는 수밖에 없었다.

행사 당일. 들뜬 마음으로 일어나 이불을 개고 밖으로 나갔다. 하늘이 조금 흐렸다.

'설마, 비 오는 건 아니겠지?'

이런 생각을 하고 있는데 막사 앞으로 행사장에 갈 버스가 도착했다. 그래도 행사를 하긴 하나 싶어 기쁜 마음으로 악기를 싣고 버스에 올랐다. 그렇게 들뜬 마음으로 에버랜드에 도착했다.

악기를 내리고 무대 세팅을 시작했다. 생각보다 굉장히 화려한 무대였고 관객석에는 엄청나게 많은 의자들이 준비되어 있었다.

'관객이 이렇게 많이 온다고?'

야외행사이다 보니 음향에 신경 쓸 수밖에 없었다. 각자 악기 앞에 마이크를 설치하고 스피커 볼륨을 조절하면서 리허설을 했다. 악보도 문제였다. 접이식 간이 보면대를 사용했는데 바람이 세게 불면 쓰러질 수도 있었다. 설사 보면대가 쓰러지지 않더라도 악보가 날아갈 수도 있는 상황이었다.

공연이 시작되었다. 첫 곡은 브람스의 〈헝가리 무곡 5번(Hungarian Dances No.5 In G minor)〉이었다. 평소에도 자주 연주했기에 자신 있던 곡이었다. 그런데 첫 곡부터 삐걱거리기 시작했다. 야외공연이라 그런지 현악기 소리가 잘 들리지 않았던 것이다. 지휘자 대장님 지휘도 연습 때보다 훨씬 빨랐다. 설상가상으로 비가 조금씩 내리고 바람도 불기 시작했다. 날씨가 안 좋으니 마이크도 제대로 작동되지 않았다. 관악기 소리 울림 거의 없이 첫 곡이 끝났다.

다음으로 성악가와의 협연곡이 시작되었다. 성악가가 한창 열창을 하고 있을 때였다. 갑자기 거센 바람이 몰아쳤다. 뒤쪽에 있던 금관악기 보면대가 쓰러지고 악보도 날아가 버렸다. 나는 너무 놀라 뒤를 돌아보았다. 그런데 금관악기 고참들은 아무 일도 없었다는 듯이 계속 악기를 불고 있었다.

'대박! 다들 천재들인가?'

생각하고 있는데 옆자리 고참이 말했다.

"걱정하지 마. 이 곡은 일 년째 하는 레파토리라 다 외우고 있어."

그렇게 성악가와의 협연이 끝나고 다음 바이올린 곡 협연이 시작되었다. 엘가(Elgar)의 〈사랑의 인사(Salut D'amour In E Major Op. 12)〉였다. 클라리넷 파트가 나오지 않는 곡이어서 악기를 내려놓고 잠시 연주를 감상하고 있을 때였다. 빗방울이 한 방울 두 방울 떨어지기 시작하더니 빗줄기가 점점 굵어졌다. 그래도 연주를 멈출 수는 없었다. 비를 맞으면서도 다들 연주에 집중해서 바이올린 협연곡도 무사히 마칠 수 있었다.

드디어 문제의 곡이 시작되었다. 스트라우스(Johan

Strauss)의 〈라데츠키 행진곡(Radetzky Marsch)〉이었다. 경쾌한 리듬인 이 곡은 일반인들에게 잘 알려져 있고 자주 연주되는 곡으로 에버랜드와도 어울리는 곡이다. 흥겨운 분위기에 관객들이 음악에 맞춰 박수를 치고 있을 때였다. 갑자기 거센 회오리바람이 불었다. 악대의 보면대가 다 쓰러지고 악보는 모두 하늘 높이 날아가 버려 무대가 그야말로 아수라장이 되었다.

그런데 놀랍게도 우리 악대는 아무도 동요하지 않고 정확하게 연주를 이어 나가고 있었다. 더욱 놀라운 것은 나 자신이었다. 내가 곡을 다 외웠다고 생각하지 않았는데 손이 저절로 움직이며 연주를 하고 있었다. 그렇게 마치 신들린 듯 연주가 끝났다.

"짝짝짝짝- 짝짝짝짝!!!!"
"브라보!! 브라보!!!"
"휘익~ 휘익~~"

관객들이 하나둘 일어나더니 나중에는 거의 모든 관객

들이 기립박수를 치기 시작했다. 긴 기립박수를 받으며 나
는 입대 후 처음으로 우리 부대가 정말 자랑스럽다는 생각
을 했다.

'뭐지? 이게 바로 군인, 아니 경찰 정신인가?'

다음은 마지막 순서인 송대관 가수와의 협연이었다. 지
금은 고인이 된 송대관의 대표곡인 〈네박자〉라는 곡으로
당시 막 신곡으로 홍보를 하고 있을 때였다. 송대관 씨가
무대에 올라 능청스럽게 말했다.

"아따, 내 바로 앞에서 그렇게 반응이 좋으면 나는 워
쩐다요?"

그렇게 우스갯소리로 분위기를 띄우며 노래를 시작했
다. 우리는 이미 보면대도 악보도 없는 상황이었지만 마지
막 곡까지 외워서 연주를 하고 행사를 무사히 마무리했다.

대기실에서 악기를 분해하는데 "쩌-억-" 소리가 났다.

하루 종일 비바람에 시달려서 악기가 갈라진 것이었다.

'오-마이 갓!'

부대로 돌아가는 버스 안. 다들 긴장이 풀려서 그런지 대부분 버스에 오르자마자 곯아떨어졌다. 나도 피곤했지만 잠이 오지 않았다. 긴 여운이 남았다. 나는 마치 전쟁터에서 승리하고 돌아온 군인이 된 기분이 들었다.

'앞으로 내가 우리 부대를 더욱 빛내는 사람이 되겠어!'

그렇게 말도 안 되는 다짐을 하며 부대로 복귀했다.

제21화

전설의 고향

<u>1998년 8월 어느 날</u>

에버랜드 행사가 끝나고 나서 한동안은 큰 행사가 없었다. 행사 연습이 없으면 보통 오전 9시부터 개인연습을 할 수 있었다. 당시 우리는 연습실이 따로 있지 않아서 밖에서 연습을 하거나 생활실 혹은 합주실에서 여러 명이 함께 연습을 하곤 했다. 행사 연습이 없을 때는 계급이 낮은 이경이나 일경은 평소보다 근무가 많거나 각종 잡일을 해야 했기에 나는 차라리 행사가 잡히길 바라곤 했다. 그날도 새벽 근무가 잡혀 있었다.

당시 우리 근무지는 네 군데였는데 무기고, 물탱크, 동초, 그리고 불침번이었다. 무기고는 막사 바로 앞에 있어 편하긴 했지만 추울 때나 더울 때나 항상 밖에서 근무를 서야 했다. 몰래 안에서 근무를 서다 걸리면 군장을 돌아야 했기에 늘 긴장하며 근무를 서는 곳이었다. 물탱크는 막사에서 걸어서 10분 정도 거리에 위치한 산속에 있는 곳인데 무섭고 또 위험하기도 해서 2인 1조로 근무를 서는 곳이었다. 불침번은 다음 근무자를 깨워야 했는데 다음 근무자가 고참이면 깨우기도 힘들고 항상 욕을 바가지로 먹기 일쑤라 힘든 근무였다. 그나마 경찰대 본관 안에 있는 동초 근무가 제일 편했는데 우선 실내 근무에다 텔레비전을 볼 수 있기 때문이었다.

새벽 4시부터 6시가 내 근무 시간이었다. 불침번을 서던 고참이 나를 깨웠다.

“석환아, 근무 나갈 시간이야.”
“네…!”
“너 표정이 왜 이렇게 좋아?”
“아닙니다.”
“너 동초 근무라서 그런가 보구나?”
“네.”
“석환아, 그런데……”

“왜 그러십니까?”

“아니다. 다음에 얘기해 줄게. 고생해.”

고참은 내게 뭔가 할 말이 있어 보였지만 나는 대수롭지 않게 생각하고 콧노래를 부르며 동초로 향했다. 원래 “암구호”라고 전 근무자와 교대 근무자가 신호를 교환해야 하는데 전 근무자가 엎드려 자고 있어서 깨워서 막사로 보냈다. 그런데 나 역시 의자에 앉자마자 잠이 들었다.

“학생, 학생….”

한창 단잠에 빠져있을 때였다. 누군가 나를 부르는 소리가 들렸다. 부스스 일어나보니 청소하는 아주머니 한 분이 나를 깨우고 있었다.

“학생, 지금 근무시간 끝났어. 빨리 가 봐. 여기 청소해야 하니까.”

나는 속으로 ‘나 학생 아닌데….’ 하면서도 근무시간이 벌써 끝났다는 말에 놀라서 시계를 쳐다보았다. 그런데 시계가 고장 나 있었다. 나는 아주머니께 인사를 드리고 얼른 밖으로 나왔다.

'뭐지? 6시가 넘은 것 치고는 너무 어두운데? 근무시간 끝난 거 맞아?'

나는 뭔가 이상하다는 생각에 시계탑을 찾았다.

'4시 20분!'

눈을 비비고 다시 봐도 시계탑의 시계는 4시 20분을 가리키고 있었다. 나는 재빨리 동초로 돌아갔다. 동초 안에 전등과 텔레비전이 모두 꺼져있었다. 나는 다시 불을 켜고 자리에 앉아 방금 있었던 일을 복기해 보았다. 그때, 갑자기 등에서 소름이 끼쳤다.

동초 바로 위 2층은 매점이었다. 그 시간에는 매점으로 가는 문이 자물쇠로 채워져 있어서 올라갈 수 없었다. 그런데 아까 분명히 그 아주머니가 2층으로 올라가는 것을 본 것이다. 그리고 생각해 보니 아주머니가 계단을 오르는 속도도 너무 빨랐다.

'설마……, 귀…, 신…?'

그 후 남은 근무시간 동안 나는 부동자세로 기도를 하면서 서 있었다. 정신이 하나도 없었다. 그 순간 갑자기 시계가 정상으로 돌아가고 텔레비전이 켜지더니 애국가가 흘러나오기 시작했다. 나는 6시가 된 것을 확인하고서 막사까지 전력으로 달려갔다.

내가 뛰어 들어가서 아무 말도 하지 못하고 버벅대니 아까 불침번을 섰던 고참이 나에게 말했다.

"너, 귀신 봤구나."
"네…, 어, 어떻게 아셨습니까?"

고참은 한참 망설이다가 이야기를 해 주었다.

"아마 니가 본 귀신이 매점 아주머니였을 거야. 몇 년 전에 딸이 안 좋은 일로 자살을 했는데, 그 아주머니도 슬픔을 못 이기고 딸을 따라가셨대. 그런데 이승에 한이 남으셨는지 아주머니 귀신이 가끔 나온다고 하더라고."

그러면서 고참이 나에게 그 아주머니의 인상착의를 말해 주었는데 놀랍게도 내가 본 모습과 똑같았다. 그날 이후 나는 며칠을 앓아누웠다. 또 한 달 정도 모든 근무에서 열외되었다. 며칠 후 아주머니의 영혼을 달래기 위해 동초 앞에서 영혼제를 열었다. 그 뒤로 다시 아주머니 귀신을 본 사람은 없었고 동초 근무도 없어졌다.

제22화

1998년 경찰의 날 (1)

1998년 8월 경찰의 날 행사 연습 시작

10월 21일 〈경찰의 날〉 행사는 가장 크고 중요한 행사라 할 수 있다. 수백 명의 경찰 간부들과 경찰청장 그리고 대통령까지 참석하는 행사였기에, 실수가 없어야 하는 것은 물론이고 악대 최고의 기량을 발휘해야만 하는 행사였다. 최고로 중요한 행사인 만큼 공연 두 달도 훨씬 전인 8월 초부터 연습이 시작되었다. 추석 연휴와 외박도 모두 반납하고 연습할 것을 생각하니 벌써부터 가슴이 답답했다.

첫 연습날. 우리는 행사곡이 뭔지도 모른 채 오케스트라실에서 지휘자 대장님을 기다리고 있었다. 이윽고 대장님이 들어오셨다.

"이번 행사는 어느 때보다 중요한 연주니까 다들 완벽

하게 연습할 수 있도록!"

"네!!"

먼저 시원하게 대답하고 악보를 받아들었다. 순간, 눈앞이 캄캄했다. 프로그램 대부분이 어려운 곡인 데다가 곡 중에 〈랩소디 인 블루(Rhapsody in Blue)〉가 있었기 때문이다. 〈랩소디 인 블루〉는 미국의 작곡가 조지 거슈인(George Gershwin)이 1924년에 작곡한 곡으로, 재즈와 클래식을 융합한 독창적인 스타일이 특징이다. 특히, 곡의 도입부에서 연주되는 클라리넷 글리산도(glissando)로 아주 유명한 곡이다. 글리산도는 한 음에서 다른 음을 마치 미끄러지듯 연주하는 기법을 말한다.

나는 전에 〈랩소디 인 블루〉를 연주해 본 적이 없을뿐더러 글리산도도 할 줄 몰랐다. 클라리넷이 너무나 중요한 곡이라 만약 내가 실수하게 된다면 연주 전체를 망칠 수도 있었다.

'큰일 났다!'

생각하고 있는데 바로 초견으로 연습이 시작되었다. 초견으로 클라리넷 솔로 부분을 부는데 계속 삑사리가 났다. 나는 도저히 이 곡은 못 하겠다는 생각이 들었다. 나중에는 괜히 악기를 시작했다는 생각까지 들었다. 그렇게 허둥지둥 오전 연습이 끝났다. 그런데 오후에 또 연습이 잡혀 있었다. 나는 점심을 먹는 둥 마는 둥하고 개인연습에 들어갔다. 막상 연습을 하려고 앉았지만 글리산도를 할 줄 몰랐던 나는 난감할 수밖에 없었다. 클라리넷 파트 중에서 그나마 내가 조금 낫기에 솔로를 맡은 거라 가르쳐 줄 사람도 없었다. 그러던 중 트럼펫하는 고참이 글리산도 하는 것을 보게 되었다. 고참이 연습하는 것을 보고 느낌대로 따라 했더니 얼추 비슷한 소리가 나는 듯했다.

오후 연습이 시작되었다. 나는 오전보다 자신 있게 첫 소리를 냈다. 다들 놀라는 눈치였다. 하지만 글리산도를 할 때는 내 예상과 다르게 계속 삑사리가 났다. 고참들은 나를 째려보았고 동기들은 불쌍한 눈으로 나를 쳐다보았다. 연습이 끝나고 혼날 생각에 심란해 있는데 다행히 다들 "연습하면 되니까 너무 의기소침해 하지 마"라며 위로

해 주었다. 그 후 오케스트라 연습시간을 제외한 나머지 자유시간에 고참들에게 양해를 구하고 매일 2시간씩 글리산도만 연습했다.

그렇게 연습을 시작하고 일주일이 지난 어느 날이었다. 아침을 먹고 혼자 개인연습을 하는데 그날따라 컨디션이 너무 안 좋아서 입술이 금방 풀려버렸다. 소리도 잘 안 나고 손이 떨려 거의 힘을 못 쓰는 상태였지만 나는 계속 연습을 이어 나갔다. 그런데 이게 웬일? 오히려 평소보다 글리산도가 잘 되었다.

'어? 글리산도 이렇게 하면 되는 거였어?'

나는 방금보다 입술을 더 풀어서 연습해 봤다. 그런데 아까보다 글리산도가 더 잘 되는 것이었다.

'유레카!!!'

그렇게 오전 연습에 들어가서 〈랩소디 인 블루〉 연주가 시작되었다. 내가 생각해도 너무나 시원하게 글리산도 소리가 났다. 다들 놀라고 여기저기서 안도의 탄식이 터져 나왔다.

그날 이후로는 거의 실수 없이 완벽하게 연습을 했지만 그래도 클라리넷 솔로가 워낙 중요한 곡이다 보니 늘 마음이 불안했다. 하루하루 행사가 다가올수록 연주하다 끊기는 꿈, 악기를 안 가져가는 꿈, 글리산도 하다가 쓰러지는 꿈 등등 다양한 꿈들이 나를 괴롭혔다. 급기야 한숨도 못 자고 불면으로 밤을 새우는 날까지 생겨 일상생활에 지장을 줄 정도가 되었다. 그렇게 매일 스트레스 속에 연습을 하다 보니, 어느새 행사 전날이 되어 있었다.

제23화

1998년 경찰의 날 (2)

<u>1998년 10월 21일 경찰의 날</u>

경찰의 날 아침이 밝았다. 아직 가을인데도 그날따라 날씨가 유난히 추웠다. 아침을 먹고 악기들을 트럭에 옮긴 후 버스를 타고 행사장인 세종문화회관으로 향했다. 세종문화회관은 예술의 전당 다음으로 큰 행사장이었기에 긴장될 수밖에 없었다.

전날 잠을 설쳐서 그런지 자리에 앉자마자 잠이 들었다. 얼마 지나지 않은 것 같은데 눈을 떠보니 벌써 행사장에 도착해 있었다. 리허설 준비를 하려고 하는데 한 고참이 나에게 물었다.

"너, 악기 어딨어?"

"어? ……."

“야, 너 정신 안 차려? 악기를 안 가져오면 어떡해? 지금 리허설 들어가야 하는데!”

“죄송합니다. 지금 가지러 가겠습니다!!”

그렇게 말하고 돌아서는데 지휘자 대장님과 딱 마주쳤다. 대장님은 잔뜩 화난 얼굴로 말했다.

“문석환, 너 악기를 안 가져왔다고? 연주할 필요 없다. 당장 영창 갈 준비나 해.”

“네……??”

나는 너무 무서워 눈물을 펑펑 쏟았다. 그때였다.

“도착했어, 일어나!!”

알고 보니 꿈이었다. 그런데 너무나 생생한 꿈이었다. 불길한 기운이 감도는 가운데 악기를 세팅하고 리허설을 시작했다. 다른 곡들은 성악 협연, 피아노 협연이어서 별로 어렵지 않았다. 내 머릿속에는 오직 〈랩소디 인 블루〉

밖에 없었다. 후반부 곡인 〈랩소디 인 블루〉가 다가오자 점점 긴장되기 시작했다.

이윽고 〈랩소디 인 블루〉 리허설이 시작되었다. 대장님이 너무 길게 사인을 주는 바람에 글리산도를 하다가 엄청난 삑 소리가 났다. 삑 소리가 얼마나 컸던지, 내가 듣기에도 정말 듣기 싫은 소리였다. 그때부터 온몸에 땀이 흐르기 시작했다. 당장이라도 자리를 박차고 도망가고 싶은 마음이 굴뚝같았다. 이제 본 연주는 하늘의 뜻에 맡기는 수밖에 없었다.

리허설 후 약 2시간의 자유시간이 주어졌지만 나는 제대로 쉴 수 없었다. 그 시간 동안 대기실로 가서 글리산도 연습을 100번도 넘게 했다. 절망적이게도 100번 중 제대로 소리가 난 것은 두세 번에 불과했다. 점점 더 강한 불안감이 밀려왔다. 그렇게 저녁도 먹지 않고 연습하고 있는데 시계를 보니 공연 30분 전이었다.

관객이 얼마나 왔는지 궁금해 살짝 객석을 살펴봤는데

정복을 입은 경찰간부들을 포함해 족히 천 명이 넘는 관객들이 앉아 있었다.

'아… 진짜 큰일 났다.'

머리가 어지러웠다. 만약 실수를 하게 되면 군장을 도는 것은 당연하고 잘못하면 진짜 기율대를 갈 수도 있겠다는 생각이 들었다. 그때까지 연주하면서 그렇게 도망치고 싶었던 적은 처음이었다.

드디어 공연이 시작되었다. 1부는 그렇게 긴장되지 않았다. 사실 어떻게 연주했는지 기억도 나지 않을 만큼 정신없이 1부 연주가 끝났다. 1부가 끝나고 15분 정도의 휴식시간이 주어졌다. 2부는 〈랩소디 인 블루〉가 메인 곡이었다. 나는 또 혼자 글리산도 연습만 수십 번 하고 있었다. 그때 악장이 와서 내게 말했다.

"혹시 지휘랑 안 맞으면 나를 봐."
"네, 알겠습니다."

너무나 긴장되었지만 기왕 해야 하는 연주 자신 있게 하자는 마음을 먹고 다시 무대로 올라갔다. 드디어 〈랩소디 인 블루〉 연주가 시작되었다. 첫 소리가 잘났고 생각보다 느낌이 좋았다. 그리고 글리산도를 하는데 정말 이제까지 했던 소리 중 제일 만족스러운 소리가 나왔다.

'됐다!!!'

나는 속으로 쾌재를 불렀다. 그런데 이게 무슨 일? 지휘자가 그만하라는 사인을 주지 않고 글리산도에 심취해 있었다. 글리산도 올라가는 시간은 보통 5초 정도 되었는데 10초가 지나도 사인을 주지 않았다. 얼굴이 빨개지고 숨이 막혀 정신이 혼미해질 때쯤, 몸을 흔들며 사인을 주는 악장과 눈이 마주쳤다. 이후 악장의 몸짓에 맞춰 연주를 이어 나갔고 그렇게 큰 실수 없이 연주를 마쳤다. 연주가 끝난 후 우리는 기립박수를 받았고 앵콜곡도 몇 곡 하는 등 행사를 성황리에 마칠 수 있었다.

부대로 복귀하는 버스 안. 나는 그동안의 긴장이 풀어

져서 그런지 또다시 곯아떨어졌다. 그렇게 걱정하고 불안해하며 연습했던 〈랩소디 인 블루〉를 무사히 연주했다는 안도감이 밀려왔다. 다음날. 행사에 참여했던 연주자들은 4박 5일의 포상휴가를 받았다. 나는 특별히 1박을 더 받았다. 지휘자 대장님은 경찰의 날 행사 때 〈랩소디 인 블루〉 연주가 너무나 만족스러우셨는지 그날 이후 모든 행사에 〈랩소디 인 블루〉를 넣으셨다. 나는 제대 전까지 100번도 넘게 〈랩소디 인 블루〉를 연주해야 했다.

Intermission(인터미션)

<u>기율교육대 소개</u>

복무규율을 위반한 의무경찰들이 교육을 받았던 곳이다. 쉽게 말해, 의경판 군기교육대라고 할 수 있다. 약칭은 기율대. 중앙경찰학교 인근의 산 이름인 '적보산' 이라고 부르기도 한다.

1991년 4월 30일 충북 충주시에 있는 중앙경찰학교에 최초로 설치되어 2주 과정 1기 교육생들이 입소했다. 이후에도 중앙경찰학교에서 계속 교육이 진행되었으나, 이후 서울 지역 의경들은 벽제에 있는 서울경찰수련장에서 교육을 실시하는 것으로 바뀌었다. 제주청 의경 역시 해안경비단에서 자체 실시했다.

시대에 따라 구체적인 내용은 차이가 있지만 혹독한 체력훈련과 정신교육을 실시한다는 사실은 동일하다. 특수

한 제식동작과 군가제창으로 유명하며 중앙경찰학교의 일반 교육생들은 이들을 특수부대원이나 수감자로 생각하기도 한다고 한다. 2018년 경찰개혁위 권고로 기율교육대는 폐지되었다.

제4장

—

상경

제24화

우공이산

<u>1999년 3월 초 신관 건물로 이사</u>

1998년 12월 29일부로 나는 상경이 되었다. 짝대기가 세 개가 되었지만 아래에 제대로 된 후임이 없다 보니 일경 때와 별 차이가 없었다. 위로 고참들만 수두룩했기에 걸레질에 온갖 잡일까지 다 내가 도맡아 해야 했지만 다행히 우리 생활실 고참들은 다들 편하게 대해주어서 그렇게까지 힘들지는 않았다. 경찰의 날 이후로 큰 행사 없이 따분한 일상이 반복되고 있었다.

당시 우리 부대는 원래 사용하던 합주실 건물이 너무 낡아서 전년도 가을부터 신관 공사를 하고 있었다. 공사를 시작한 지 반년쯤 된 3월 초. 드디어 건물이 거의 완공되었다. 신관으로 이사 가는 것은 좋았지만 문제는 구관에 있던 모든 물건들을 우리가 직접 옮겨야 한다는 것이었다. 보면대, 의자, 악기 등등은 물론이고 덩치가 큰 타악기, 하프, 피아노도 새 건물로 옮겨야 했다. 우리는 일과 시간에는 개인연습과 합주연습을 병행하고 주말을 이용해서 조금씩 물건들을 옮겼다. 그때 우리는 3월에 있을 〈경찰대 졸업식〉 행사를 앞두고 모두 초긴장 상태로 지내고 있었다. 거기다가 이사 작업까지 했으니 말 그대로 심신이 피로했다. 그렇게 완전히 신관으로 입성하는 어느 날이었다. 지휘자 대장님이 갑자기 나를 호출하셨다.

"상경 문석환, 대장실에 용무 있어서 왔습니다."
"오, 석환이, 별일 없지?"
"네!!"
"다름이 아니라, ……."

무슨 일인가 했더니 다음 행사 프로그램을 어떻게 짜면 좋을지 내 의견을 물어보기 위해 호출하신 거였다. 정확하게 기억은 나지 않지만 나는 이제 〈랩소디 인 블루〉는 그만했으면 좋겠다는 작은 소망을 피력했던 것 같다. 더 강렬하게 기억에 남은 일은 그다음이었다. 대장님과 이야기를 나누고 있는데 소대 반장님이 들어왔다.

"부르셨습니까?"
"아, 이 반장. 여기 좀 앉게."

반장님이 들어오셔서 나는 나가보려고 하는데 내 귀를
의심케 하는 이야기들이 오갔다.

"신관 건물 완공하는 데 이 반장의 공이 컸네. 그런데
내가 보기엔 신관 앞이 너무 허전한 것 같은데 이 반장 생
각은 어떤가?"
"저는 뭐, 괜찮은 것 같습니다."
"그래? 내 생각에는 나무라도 심는 게 좋을 것 같은데?"
"네? 나무요??"
"그래, 산에 있는 나무를 뽑아와서 신관 앞에 심는 게
좋을 것 같아."
"……"

반장님은 말문이 막히셨는지 아무 대답도 못 하셨고 들

고 있던 나도 아무 말하지 못했다. 하지만 대장님은 신관 앞에 나무를 심기로 마음을 굳힌듯했다. 이미 결정을 내려놓고 지시를 하는 대장님의 말씀을 거역할 수 없었다.

대장실에서 나온 내가 반장님께 물었다.

"반장님, 어떻게 하실 겁니까?"
"뭐, 별수 있나? 명령인데……. 나무 뽑아와서 심어야지……."
"……"

이제 겨우 신관 이사를 끝내서 한숨 돌리나 했더니, 행사 준비만으로도 벅찬데, 산에서 나무를 뽑아와서 심는다고? 진짜 하늘이 노래지는 기분이었다.

당장 그날부터 모든 대원들이 산이 올랐다. 신관 앞에 심을 나무를 물색하기 위해서였다. 처음에는 기세 좋게 삽 한 자루씩을 들고 산에 올랐지만 다들 나무를 뽑아본 경험이 없는 터라 우왕좌왕하고 있었다.

"일단 이 나무로 정해서 파 보자!"

한 고참의 말에 우리는 우르르 달려들어 삽질을 시작했다. 하지만 아무리 파도 진전이 없었다. 뿌리가 얼마나 깊이 내렸는지 이렇게 해서는 언제 나무를 파낼 수 있을지 기약이 없어 보였다. 그날 이후 우리는 아침에는 졸업식 행사 연습, 점심부터 저녁까지는 땅파기, 저녁에는 다시 졸업식 본대 연습을 했다. 졸업식 본대 연습은 행진하면서 오와 열을 맞추는 연습인데 악기 없이 군화를 신고 줄 맞춰 연습해야 했다. 그렇게 연습을 마치고 생활실에 복귀하면 9시 정도가 되었는데 점호를 하고 자기에도 빠듯한 시간이었다. 문제는 새벽 근무였다. 새벽에 근무가 잡히면 낮에 너무나 피곤해서 정말 컨디션이 최악이 되곤 했다. 그렇게 힘든 하루하루를 보낸 지 일주일이 되는 날이었다. 미동도 하지 않던 나무가 드디어 뽑혔다.

우리는 너무 기쁜 나머지 "만세!"를 부르며 환호했다. 겨우 뽑은 나무를 신관까지 이동하는 것도 만만치 않은 일이었다. 커다란 리어카에 나무를 싣고 겨우겨우 산 밑으로 내려왔다. 그리고 다시 대장님이 지시하는 위치에 땅을 파고 나무를 심기 시작했다. 그렇게 나무 심기까지 완료되었다. 처음에는 나무를 뽑아서 옮겨온 후 다시 심는다는 게 말도 안 된다고 생각했다. 하지만 결국 우리가 해냈다는 생각에 다들 상기된 표정이었다. 바로 그때였다.

"나무가 좀 왼쪽으로 치우친 것 같은데, 조금만 오른쪽으로 옮기면 어떨까?"
'What?!!!'

순간 우리는 모두 얼음이 되었다. 그래도 나무 심는 것은 뽑는 것에 비하면 쉬운 편이었다. 그렇게 몇 번의 위치 변경 후, 대장님의 마음에 드는 위치에 나무를 심을 수 있었다. 생활실로 복귀한 우리 모두는 녹초가 되어 있었다.

제25화

경찰대 졸업식 (1)

1999년 1월 초 경찰대 졸업식 연습 시작

국립경찰교향악단은 경찰대 소속이기 때문에 경찰대 졸업식은 우리에게는 중요한 행사 중의 하나였다. 무엇보다 대통령이 행사에 참석하고 TV로 생중계도 되었기 때문에 위에서부터 다들 초긴장하며 준비했다. 그해 경찰대 졸업식은 3월 15일이었다. 우리는 1월 초부터 연습에 들어갔다. 나는 전년에 봉와직염이라는 발뒤꿈치 염증이 생겨 행사에서 열외되었지만 그해는 절대 빠질 수 없는 상황이었다.

우선 행사 연주를 위해서 행진곡을 대략 10곡 정도 외워야 했다. 청람제전 때도 행진곡을 했지만 이번 행사의 행진곡은 그때와는 완전 다른 곡들이었다. 행진곡은 악보 외우는 시험을 따로 봐야 했다. 제일 선임 고참이 시험 감

독을 하고 한 명씩 일어나 부는데 한 명이 실수하면 그 파
트 전체가 얼차려를 받는 식이었다. 당시 클라리넷은 모
두 7명이 행사에 참여했다. 나는 상경이긴 했지만 클라파
트에 후임이 2명밖에 되지 않아 거의 쫄병 신분으로 행사
준비를 했다.

첫 시험을 보는 날. 다들 긴장하며 합주실에 들어갔다.
혼자서 할 때 가장 힘든 부분은 박자를 세는 부분이었다.
의자에 앉아서 마음속으로 '한 마디 쉬고, 두 마디 쉬고,
따따따따, 하나 둘 셋 따따따따' 세고 있을 때였다.

"다음, 문석환 해 봐."
"네. 한 마디 쉬고, 두 마디 쉬고, 따따따따…"
"음, 잘했어. 통과. 다음 조영문 해 봐."
"네!"

후임이 지명당했는데 내가 더 긴장되었다. 영문이는 전
날까지도 악보를 다 못 외워 엄청 헤매고 있었다. 틀리면
어쩌나 조마조마해하고 있는데 하룻밤 사이에 어떻게 연

습을 한 건지 어쨌든 틀리지 않고 무사히 위기를 넘겼다.

‘휘유- 다행이다.’

나는 가슴을 쓸어내렸다. 그런데 문제는 다음이었다.

“한 마디 쉬고, 두 마디 쉬고, 따따따따 삐익!-”

다음 차례였던 내 바로 위 고참이 불다가 삑사리를 낸 것이었다. 순간 합주실에는 몇 초간 얼음물을 끼얹은 듯한 적막이 흘렀다. 우리 클라리넷 파트는 모두 얼차려 받을 생각에 얼굴이 굳어졌다.

“괜찮아, 실수할 수도 있지. 실전에서 잘 하면 돼.”

웬일인지 평소 무섭기로 소문난 최고참이 얼차려를 주지 않자 우리는 도리어 어안이 벙벙했다.

행진곡 시험 뒤에 우리를 기다리고 있는 것은 본대 연

습이었다. 본대 연습은 줄을 맞춰서 행진하는 연습이었
다. 행진하면서 가장 어려운 파트는 코너를 도는 부분이
다. 줄 안쪽에 있는 사람과 줄 바깥쪽에 있는 사람의 속도
가 달라야 했기에 보폭을 다르게 해서 코너를 도는 고난
이도의 행진이다. 우리는 2월부터 한 달 넘는 기간 동안
매일 일과 후 두 시간 정도 행진 연습을 했다. 연습 분위기
도 험악했다. 외박을 나간 지 너무 오래돼서 외박 가고 싶
은 마음에 시간이 더욱 더디게 느껴졌다. 우리는 모두 졸
업식 행사 후의 특박만 생각하며 힘든 연습을 견뎠다. 그
렇게 드디어 경찰대 졸업식날이 되었다.

제26화

경찰대 졸업식 (2)

<u>1999년 3월 15일 경찰대 졸업식</u>

행사날 당일. 나는 오늘 행사가 끝나면 5박 6일 특박을 나간다는 생각에 잔뜩 들떠 있었다. 긴장을 해서 그런지 속이 울렁거리고 밥이 잘 넘어가지 않았다. 우리는 행사복으로 갈아입고 경찰대 운동장으로 향했다.

이동할 때도 오와 열을 맞춰야 했다. 나는 악기를 들고 걸으면서 머릿속으로는 계속 행진곡 박자를 머릿속으로 외웠다. 우리 악대는 운동장 왼쪽 편에 의장대는 오른쪽에 자리를 잡았고 경찰대 졸업생들은 줄을 맞춰 단상 앞에 대기하고 있었다. 전날 리허설 때 큰 실수가 없었기 때문에 그래도 어느 정도 자신이 있었다.

이윽고 행사가 시작되었다. 우리는 초긴장한 채 부동자

세로 서 있었다. 대통령, 국무총리, 경찰청장 등 높으신 분들이 총출동하는 행사다 보니 긴장하지 않으려 해도 온몸이 절로 떨렸다. 식순에 따라 국민의례를 한 뒤 애국가 연주가 시작되었다. 그런데 그다음 대통령 입장에서 문제가 발생했다. 대통령 내외분이 입장할 때 사회자가 "대통령 내외분이 입장하시겠습니다." 하면 타악기인 스네어 드럼이 "따라라라라라라라" 하고 연주를 시작해야 했다.

사회자의 멘트가 끝나고 스네어 드럼이 잘 나온 것까지는 문제가 없었다. 그런데 드럼을 치기 시작한 지 1분이 지나고, 2분이 지나고, 그렇게 5분이 넘게 지났는데도 대통령 내외분이 입장하지 않았다.

'뭐지?'
'뭔 사고가 났나?'

우리는 고개를 돌릴 수 없기에 속으로 뭔 일이 났나 걱정만 하면서 부동자세를 유지하고 있었다. 그런데 스네어 드럼 소리가 점점 줄어들기 시작했다.

'스네어 드럼 팔에 쥐 나게 생겼네……'

그렇게 10여 분이 지나서야 대통령 내외분이 천천히 입장하는 게 아닌가?

"대통령께서 화장실에 다녀오시느라 조금 늦으셨습니다."

사회자의 멘트에 우리는 그래도 큰 일이 아니라 다행이라며 가슴을 쓸어내렸다. 대통령이 축사를 할 때 나는 스네어 드럼 대원쪽을 살짝 쳐다보았다. 당시 일경이었던 그 대원은 팔을 부여잡고 거의 울기 일보직전이었다. 나는 터져 나오는 웃음을 겨우 가라앉히고 행진 준비를 했다.

드디어 행진이 시작되었다. 이렇게 행진을 하면서 연주를 할 때는 앞에서 '콘탁'이라고 오케스트라로 치면 지휘자 같은 역할을 하는 인원이 콘탁봉으로 박자를 맞추고, 우리는 뒤따라 걸으면서 연주를 했다. 오와 열을 맞춰서 행진해야 했기에 정면을 바라보면서도 눈을 옆으로 찢다시피 해서 초긴장 상태로 앞으로 걸어나갔다. 〈신아리랑〉, 〈위대한 전진〉 등 만만한 곡들이 아니라 곡을 외워서 연주하는 것 자체가 힘들었지만 제발 삑사리만 내지 말자는 심정으로 연주를 하고 있었다.

그때 행진에서 최고의 난코스인 코너 도는 구간이 나왔다. 거기서는 줄을 맞춰서 제자리걸음을 한 후에 전진해야 했기에 무엇보다 호흡이 중요했다. 그런데 이게 웬일, 연습 때보다 호흡도 잘 맞고 연주도 딱딱 맞아떨어졌다.

'오, 느낌 좋은데?'

라고 생각한 바로 그 순간이었다. 갑자기 콘탁을 맡은 고참이 사라져 버렸다. 우리는 영문을 몰랐지만 그렇다고 연주를 멈출 수는 없었기에 콘탁 없이 연주를 이어 나갔다. 행사 전체가 TV로 생중계되고 있었다. 조금 있으니 콘탁 고참이 허겁지겁 뛰어오더니 다시 지휘를 시작했다. 알고 보니 콘탁봉을 떨어뜨려서 그걸 주우러 갔다온 것이

었다. 순간, 가장 먼저 머릿속에 든 생각은 특박은 물 건너
갔다는 것이었다.

'젠장!'

그렇게 정신없이 행사를 마친 후 우리는 조용히 생활실
로 복귀했다. 소대 반장님들과 대장님은 잔뜩 화가 난 얼
굴이었다. 원래대로라면 행사가 끝나고 바로 환복하고 휴
가를 나가야 했지만 우리는 행사복을 입은 채 침상에 앉
아 있었다. 콘탁봉을 떨어뜨렸던 고참은 미안했는지 음료
수를 돌렸지만 아무도 마시지 않았다. 그렇게 한참 앉아
있을 때였다. 스피커에서 방송이 흘러나왔다.

"오늘 모두 수고하셨습니다. 대장님께서 각 생활실 최
고참들 대장실로 집합하라고 하십니다."

고참들이 대장실로 가고 나서 우리는 거의 울먹였다.
다들 땅이 꺼져라 한숨만 쉬었다. 얼마 후, 최고참이 생활
실로 돌아왔다.

"우리 휴가는 취소됐고 앞으로 3개월간 외박도 정지래.
그리고 오늘 실수했던 사람은 영창까지는 아니고 완전군
장으로 일주일간 운동장 10바퀴 도는 걸로 마무리됐어."

'오 마이 갓! 하늘도 무심하시지……'

이 행사 준비한다고 100일 정도 휴가를 못 나갔는데 앞
으로 3개월을 더 못 나간다니……. 나는 너무 답답한 나머
지 진짜 눈물이 났다. 그런데 그때 생각지도 못한 희소식
이 들려왔다.

"얘들아, 경찰청장님이 우리 수고했다고 2박 3일 포상
휴가 보내라고 하셨대!"
"와!!!!!!!!"

입대한 후 들어본 중 가장 우렁찬 함성소리였다. 그렇
게 사복으로 환복을 하고 휴가 집합을 했다. 반장님이 말
씀하셨다.

"오늘 수고 많았다. 불미스러운 일이 있었지만, 실수는
누구나 하는 거니까 앞으로 실수 없이 잘하자."
"네!!"

그렇게 우리는 아슬아슬하게 휴가를 떠날 수 있었다.
그때는 몰랐다. 차라리 휴가를 가지 않는 게 더 나았을지
도 모른다는 것을.

제27화

낙동강 오리알

<u>1999년 3월 15일 3개월 만의 휴가</u>

휴가를 받은 인원들끼리 택시를 나눠타고 양재역으로 향했다. 이게 얼마 만의 바깥나들이인지 콧노래가 절로 나왔다. 그날따라 평일인데도 차가 막히지 않아서 금세 양재역에 도착했다. 동기 중 한 명이 강남역에서 좀 놀다 가자고 붙잡았지만 집밥이 너무 그리웠던 나는 동기의 유혹을 뿌리치고 집으로 향했다.

그때 우리 집은 잠실에 있었다. 3개월 동안 전화사용도 금지였기 때문에 혹시나 집에 아무도 없으면 어쩌나 걱정이 되긴 했지만 오늘 휴가 갈 거라고 미리 편지를 보냈기 때문에 그래도 안심이 되었다. 양재에서 집까지도 금방 도착했다. 집 앞에서 청소 중이시던 경비아저씨와 마주쳤다.

“오, 오랜만이야. 휴가 나왔어?”

“네! 아저씨 잘 지내셨죠?”

“그런데 어쩐 일이야?”

나는 속으로 휴가 나왔다니까 뭘 또 물으실까 생각하고 대답 없이 멋쩍게 웃으며 집으로 올라갔다.

“띵동, 띵동”

“누구세요?”

“엄마! 저 휴가 나왔어요!”

“누구세요?”

전혀 모르는 사람이 문을 열었다.

“어…. 어…. 저기 혹시 석환이 집에 있나요?”

순간 당황한 나는 마치 내 친구인 척 석환이가 있냐고 물었다.

“아…, 전의 집 아들 친구구나. 어쩌죠? 우리가 새로 이사 왔는데.”

“네?? 그럼 혹시 전에 집은 어디로 이사 갔는지 아세요?”

“잘 모르겠네요. 경비 아저씨께 물어보세요.”

“네….”

내려가는 계단에서 별의별 생각이 다 들었다.

‘혹시, 일부러?’

‘부모님이 나를 버리신 건가?’

‘뭔 사고가 난 건가?’

그렇게 생각하면서 내려가는데 경비 아저씨와 다시 마주쳤다.

“아저씨, 혹시 저희 집 어디로 이사 갔는지 아세요?”

“글쎄, 잘 모르겠는데? 전화기 빌려줄 테니까 집에 전화해 봐.”

“네…….”

그런데 어쩐 일인지, 집 전화도, 아버지 휴대폰도, 어머니 핸드폰도 아무도 받지 않았다. 당시 누나는 외국에 있었기 때문에 더 연락할 데도 없었다.

"전화를 안 받으세요."
"그래?"

나는 세상 측은한 눈으로 나를 바라보는 경비 아저씨를 뒤로하고 밖으로 나왔다.

'도대체 뭔 일이지? 전화를 못 받으실 만큼 급한 일이 있으신 건가?'

그렇게 목적지도 없이 터덜터덜 걷다 보니 어느새 저녁이 되었다. 배가 고파왔지만 차비를 남겨두어야 하는 상황이라 밥을 먹을 수도 없었다. 이모 집에 찾아가 볼까 아니면 친구네로 가 볼까 고민하다가 나는 그냥 부대로 복귀하기로 마음을 먹었다. 집이 이사 가 버렸는데 휴가는 무슨 휴가람.

양재에서 다시 버스를 탔다. 창밖을 보며 용인으로 향하는데 갑자기 울컥 눈물이 났다.

'왜 다시 왔냐고 하면 뭐라고 하지? 집이 이사 가 버렸다고 하면 분명히 엄청 놀릴 텐데…….'

부대에 도착했을 때 생활실 사람들은 점호를 끝내고 취침하려고 준비 중이었다.

"석환아! 너 웬일이야? 휴가 나갔잖아?"
"……"
"왜 그래? 무슨 일 있었어?"
"저… 집이, 집이 없어졌습니다."
"뭐? 집이 없어져? 집에 불났어?!"
"그게 아니고, 집이, 집이 이사 갔습니다."

순간, 다들 내 눈치를 보면서 터지는 웃음을 참는 눈치였다. 한 고참이 말했다.

"괜찮아, 그런 경험할 수도 있지, 우리 그러지 말고 석
환이 위로도 할 겸 회식하자!"

회식하는 것을 당직 반장님께 보고하고 허락을 받아야
했기에 고참이 반장실에 들어갔다.

"진짜? 어떻게 그런 일이 있대? 하하하"

반장님이 웃는 소리가 문밖으로까지 들렸다. 나는 창피
하고 속상하기도 해서 문밖에 서 있는데 고참이 나를 불
렀다.

"반장님이 너 잠깐 보자시는데?"

나는 반장실로 들어갔다.

"반장실에 용무 있어서 왔습니다."
"그래, 석환이, 거기 좀 앉아 봐."

반장님은 내 친구는 가족이 이민 간 사람도 있다, 누구나 겪는 일이다, 등등 한참 위로의 말씀을 해 주셨다. 하지만 전혀 위로가 되지 않았다. 이야기를 마치고 나가려는 내게 반장님이 당부하셨다.

"석환아, 속상하다고 탈영하면 안 돼!"
"저, 탈영해도 갈 곳이 없습니다."
"아…. 미안 미안!"

그렇게 그날은 정말 내 평생 잊지 못할 날이 되었다. 그 후 3개월이나 지나서 집에서 연락이 왔다.

제28화

소록도 자혜의원 행사

1999년 5월 소록도 자혜의원 행사

1999년 5월, 나와 동기들은 상경 중에서도 실세인 선임이 되었다. 누구나 때가 되면 맡는 자리라 특별하다고 할 수는 없었지만 그래도 전반적인 행사 진행과 새로 들어오는 후임을 관리하는 위치였다. 그렇게 선임이 되고 나서 처음으로 맡은 행사가 바로 소록도 자혜의원 행사였다.

5월 초 어느 날, 지휘자 대장님께서 월말에 소록도 자혜의원에 재능기부 연주회를 해야 한다고 하셨다. 소록도 자혜의원은 1916년 일제 강점기 때 지어진 병원으로 한센병 환자를 전문으로 치료·보호하는 국내 유일의 국립 의료기관이다. 지금은 국립소록도병원으로 명칭이 바뀌었다. 오케스트라 전체가 가는 것이 아니라 관악기 40인조로 편성해 가는 행사였기 때문에 아주 큰 행사는 아니었다. 하지만 우선 소록도까지 5시간이 넘게 걸리는 긴 여정이었고 중간에 배까지 타야 했기 때문에 당시 선임이자 악장이었던 나로서는 무척 부담스러운 행사였다.

갑자기 잡힌 행사라 연습기간이 길지 않았다. 한센병 환자들을 대상으로 연주를 해야 했기에 가급적 밝고 신나는 분위기의 곡들로 프로그램을 짜서 연습을 시작했다. 다른 행사 때 자주 연주했던 곡은 거의 외우다시피 해서 괜찮은데 그중에 〈클라리넷 폴카(Clarinet Polka)〉가 문제였다. 폴란드 민속 춤곡인 이 곡은 곡명에서도 알 수 있듯이 클라리넷이 메인인 데다가 스타카토로 처음부터 끝까지 연주해야 해서 혀에 쥐가 날 정도였다. 더구나 이번 행사 지휘를 맡은 반장님은 지휘 전공이 아니라 연습 때마다 템포가 달랐다. 행사 바로 전날에는 템포가 너무 빨라져서 거의 따라가지 못할 정도가 되었다.

연주 당일. 날씨가 조금 흐렸다. 우리는 분주하게 악기를 버스에 실었다. 고참들은 얄밉게도 누워서 인사를 했다.

"잘 갔다 와-"
"우리 몫까지 봉사 잘하고 와."

소록도는 생각했던 것보다 훨씬 멀었다. 아침 7시 30분에 출발한 버스는 1시가 다 되어서 선착장에 도착했고 다시 배를 타고 소록도에 들어가자 거의 2시가 다 되어 있었다. 우리는 도착하자마자 급히 점심을 먹고 무대 세팅을 시작했다.

리허설을 하는데 벌써 몇몇 환자분들이 구경을 오셨다. 리허설인데도 음악을 들으며 춤추시는 분들도 계셨고 눈물을 흘리는 분들도 계셨다. 오후 4시가 공연시작 시간이었는데, 시간이 얼마 남지 않아 짧게 리허설을 마쳤다.

대기실이 따로 없어서 공연을 앞두고 무대 옆에 서 있는데 모두들 뭔가 먹먹한 마음이 들었는지 아무 말이 없었다. 나도 갑자기 몇 년 전에 돌아가신 외할머니 생각에 울컥했다.

잠시 후, 간호사들의 인솔하에 한 분, 두 분 관객석으로 입장하기 시작했다. 대부분 휠체어를 타고 들어오시는 분들이 많았다. 꽤 큰 강당이었는데 어느새 관객들로 꽉 차 있었다.

공연 시작 시간이 되자 우리는 두대로 올라가 각자 자리를 잡았다. 관계자분께서 인사말을 하고 곧 연주가 시작되었다. 혹시 호응이 없거나 분위기가 좋지 않을까 봐 걱정했는데 연주가 시작되자 괜한 걱정이었다는 것을 알 수 있었다. 환자분들 중에는 무대에 올라와서 신나게 춤을 추시는 분들도 계셨고, 몸이 불편한 분들은 휠체어에 앉아 눈을 감고 진지하게 감상하시고 박수도 쳐 주셨다. 그렇게 소록도에서 연주가 무사히 끝났다.

행사가 끝나고 기념촬영을 하는데 어떤 환자분이 오셔서 연신 고개를 숙이며 감사하다고 인사를 하셨다. 개인적으로는 입대 후 했던 어떤 연주보다 감동적이고 뜻깊은 연주였다. 우리는 다시 만날 날을 기약하며 배에 몸을 실었다.

제29화

두고 온 Eb 클라리넷

<u>1999년 6월 수원여고 위문공연</u>

소록도 행사 뒤에도 크고 작은 행사들로 무척 바빴다. 선임이 되었지만 고참들의 갈굼에 하루도 편할 날이 없었다. 후임들이 잘못하면 우리가 혼났고, 우리가 잘못하면 그 몇 배로 혼났다. 나는 속으로 생각했다.

'참자. 조금만 참으면 나도 고참이다.'

하지만 그렇게 참기에는 하루하루가 너무 더디게 흘러 갔다. 그러던 어느 날 오케스트라 행사가 하나 잡혔다. 수 원여고에서 하는 위문공연 행사였다. 지금 생각해 보면 우리가 위문을 받아야 할 것 같은데, 암튼 그때는 공부하 느라 지친 학생들을 위문한다는 취지의 행사였다.

프로그램은 대부분 예전에 연주했던 곡들로 채워졌지만 그중 〈고향의 봄〉을 편곡한 기상곡(綺想曲) 〈나의 살던 고향은〉은 처음으로 연주해야 했다. 이 곡은 재중동포인 안국민 지휘자가 작곡한 곡으로 기상곡이란 일정한 형식에서 벗어난 환상곡 성격의 곡을 말한다. 다가오는 경찰의 날 행사곡을 미리 연습한다는 생각에 이 곡을 편성한 것 같았다.

막상 연주를 해 보니 꽤 어려운 곡이었고 우리는 각자 개인연습을 해 가며 연주를 준비했다. 특히 이 곡은 보통 클라리넷 연주 때 사용하는 Bb 클라리넷이 아닌 소프라노 클라리넷이라고도 부르는 Eb 클라리넷도 번갈아 가면서 불어야 했기에 무척 부담스러운 곡이었다. 그런데 당연한 듯 Eb 클라리넷은 수석인 내가 부는 것으로 결정이 났다. Eb 클라리넷을 한 번도 불어본 적이 없던 나는 도저히 자신이 없어 용기를 내어 지휘자 대장님을 찾아갔다.

"똑똑"

"들어와!"

"상경 문석환 대장실에 용무 있어 왔습니다."

"오, 석환이. 어쩐 일이야?"

"저…. 〈나의 살던 고향은〉의 Eb 부는 대원 한 명 더 넣는 게 좋을 것 같습니다."

"왜? 불기가 힘든가?"

"네. 제가 솔로 부분에서 Bb 악기도 불어야 해서 너무 힘들 것 같습니다."

"그래? 그럼 한 명 더 넣자."

"감사합니다!"

나는 안도의 한숨을 쉬며 대장실에서 나왔다. 그런데 후임들을 모아서 물어보니 아무도 Eb 클라리넷을 불어본 적이 없었다. 억지로 시켰다가는 되려 실수를 할 것 같고, 행사까지 남은 시간도 얼마 되지 않았기에 하는 수 없이 내가 하기로 했다.

첫 오케스트라 연습시간. 미리 개인연습을 조금 했는데 Eb 자체가 소리를 내기 무척 힘든 악기고 그래서 더 긴장해서 그런지 등에 담 증세가 오기 시작했다. 첫 소절에 Bb

클라리넷 솔로가 나오고 바로 Eb 솔로로 이어지는데 나는 정신없는 상태에서 '에라 모르겠다.'하고 불어버렸다. 그런데 웬일, 연습 때보다 훨씬 소리가 잘 나왔다.

'나 혹시 천재??'

그렇게 기분 좋게 연습이 끝났는데 대장님이 따로 부르셨다.

"석환이, 연습 좀 했나? 소리가 너무 좋아서 깜짝 놀랐네. 너 이거 끝나면 1박 2일 특박 나가라!"
"상경 문석환, 감사합니다!!"

연이은 행사로 결국 대장님이 주신 특박을 나가지는 못했지만 아무튼 기분은 좋았다.

행사 당일. 나름 고참이 되어서 악기를 직접 나르지 않아도 된 나는 아침을 먹고 악기를 체크한 다음 먼저 버스에 올랐다. 나와 동기들은 무전기를 들고 버스에 타서 인원 체크를 했다. 인원 체크를 마치고 우리는 버스를 출발시켰다. 수원은 용인에서 가까워서 한 30분쯤 달리자 목적지인 수원여고가 보였다. 공연은 오후 1시였고 학교에 도착해 보니 10시가 조금 넘어 있었다.

우리는 공연 장소인 강당에 악기 세팅을 하기 시작했다.

'큰 북, 작은 북, 캐스터네츠, 심벌즈, 스네어드럼……'

하나하나 악기를 체크하는데 Eb클라리넷이 안 보이는 것을 발견했다.

"뭐야? Eb클라 안 챙겼어?!!"
"……"

클라리넷 후임에게 악기 챙기는 것을 맡겼는데 깜빡하고 챙기지 않은 것이었다. 나는 순간 멍해져 화도 못 내고 등에는 식은땀이 나기 시작했다.

'어떡하지?'

나는 연주까지 시간이 너무 촉박해서 부대에 악기를 가
지러 갈 수는 없다고 생각했다. 남은 방법은 Bb클라로 조
를 바꿔서 Eb 소리를 내는 것뿐이었다. 하지만 그것도 초
견으로는 도저히 엄두가 나지 않았다.

'내 인생은 왜 이렇게 꼬이는 거야?!'

정말이지 그 순간 어디론가 도망치고 싶었다. 점심도
먹지 않고 연습을 시작했는데 너무 고음이라서 계속 삑
소리만 나고 음정도 제대로 잡히지 않았다. 새 악보를 손
으로 그릴 수도 있었지만 그럴 만한 시간적 여유도 없었
다. 그렇게 정신없이 연습하는 사이 공연 시간이 되었다.

다행히 〈나의 살던 고향은〉은 뒤 순서라서 연주를 하면
서 약간 숨을 돌릴 수 있었다. 하지만 연습 때는 그렇게 길
던 곡들이 어찌나 순식간에 지나가는지 눈 깜짝할 사이에
〈나의 살던 고향은〉 순서가 되었다.

아무 일도 모르는 지휘자 대장님은 평온해 보였지만 나는 온몸이 땀으로 젖어 있었다. 드디어 Eb 솔로 부분이 되었다. 나는 눈을 감고 에라 모르겠다 하면서 불었는데 연습 때보다 훨씬 만족스러운 소리가 나기 시작했다. 대장님은 Eb 클라리넷을 안 가져온 것 자체를 모르는 눈치였다.

연주가 끝나고 대장님이 내게 오셔서 칭찬을 해 주셨다.

"오늘 연주 너무 좋았다. Eb 소리가 더 좋아졌네."
"이번 연주를 위해 밤낮으로 연습했습니다!"
"그래, 다음 연주 때도 잘할 수 있도록."
"네! 감사합니다!"

그렇게 모든 사건이 끝났다고 생각하고 부대로 복귀했을 때였다. 갑자기 반장님이 우리를 호출하는 방송이 나왔다.

"클라리넷 전부 행정반 앞으로 집합!"

　알고 보니 누군가 우리가 놓고 간 Eb 클라리넷을 행정
실에 전달했고, 행정실에서도 시간관계상 행사장까지 악
기를 전달하지는 못했던 것이었다. 그런데 부대에 계시던
반장님이 그 장면을 목격한 것이다. 우리는 연주를 무사
히 마치고도 완전군장으로 운동장 열 바퀴를 돌고 나서야
생활실로 복귀할 수 있었다.

부산 〈클래식의 밤〉 행사

1999년 8월 부산 〈클래식의 밤〉 행사

상경이 된 지도 어느새 8개월째가 되어가고 있었다. 일명 말호봉이라고 하는데 고참이 되기 직전이라 더욱 빨리 고참이 되었으면 하는 마음이 간절했다. 하지만 그럴수록 시간은 더디게 흘렀다. 그해 여름은 유난히 덥고 행사가 많았다. 하루에 행사가 4개씩 잡혀 있는 것은 다반사였다. 그렇게 하루 일정을 마치고 생활실에 돌아오면 우리는 모두 녹초가 되어 있었다. 그러던 어느 날 우리 부대가 초청을 받아 부산에서 연주를 하게 되었다는 소식을 들었다.

8월 초에 하는 〈클래식의 밤〉이라는 행사였는데 전날 출발해서 부산에서 하룻밤 자고 다음날 연주를 하는 일정이었다. 이 행사를 위해 우리는 6월부터 새로운 곡을 연습해야 했다. 바로 〈차이코프스키 교향곡 5번 (Tchaikovsky,

Symphony No. 5 in E minor Op. 64)〉 전악장이었다. 이 곡
은 전부터 개인적으로 좋아하는 곡이긴 했지만 무척 어려
워 짧은 시간 안에 완성할 수 있는 곡이 절대 아니었다.

〈차이코프스키 교향곡 5번〉 외에도 전에 연주했던
〈나의 살던 고향은〉, 〈차이코프스키 피아노 협주곡 1번
(Tchaikovsky, The Piano Concerto No. 1 in Bb minor, Op.
23)〉, 〈리스트 헝가리안 랩소디 2번(F. Liszt Hungarian
Rhapsody)〉 등의 곡들도 포함되어 있었는데 이 곡들도
하나같이 만만치 않은 곡들이었다. 행사를 위해 매일 아
침, 점심, 저녁 연습에 연습을 계속했다. 그래도 하루에 8
시간 이상씩 합주 연습을 하다 보니 처음에 힘들어 보였던
곡들도 점차 완성이 되어 갔다. 그렇게 부산으로 출발하
는 날이 되었다.

우리는 오전 연습을 마치고 점심을 먹은 후 바로 부산
으로 향했다. 지난 행사 때 Eb클라를 챙기지 않아 트라우
마가 생긴 나는 악기를 꼭 끌어안고 버스에 올랐다. 연주
가 끝나면 외박을 보내준다고 했기에 우리는 모두 사복도

함께 챙겨 버스에 실었다. 금요일이라 그런지 차가 많이 막혔다. 다들 피곤했는지 버스에 타자마자 잠이 들었고 나는 외박을 생각하며 빨리 내일이 왔으면 좋겠다고 생각했다. 밤이 늦어서야 겨우 부산에 도착했다. 행사 장소인 부산 시민문화회관 근처 모텔에서 숙박을 했다.

다음날 아침. 근처에 있는 식당에서 갈비탕으로 아침을 먹고 행사장으로 향했다. 오후 1시가 시작 시간이라 오전 10시부터 리허설을 했다. 그런데 아침으로 먹은 갈비탕이 얹혔는지 속이 좋지 않았다. 리허설 중에 계속 삑 소리가 나고 소리도 풀피리 소리가 났다.

'뭐지? 연주 때도 이러면 안 되는데…….'

걱정을 하고 있는데 리허설이 끝나고 지휘자 대장님이 나를 불렀다.

"자네 괜찮나? 연주할 수 있겠어?"
"네, 할 수 있습니다."

설사 할 수 없더라도 못 하겠다고 대답할 수는 없었다. 나는 혼자 점심도 거른 채 대기실에서 쉬었다. 등에서 계속 식은땀이 흘렀고 소리를 낼 수 없는 상황이었다. 그렇게 어디론가 도망가고 싶다는 생각을 하고 있을 때였다.

"오케스트라 대기하십시오!"

벌써 무대에 오를 시간이 된 것이었다. 속은 더 더부룩하고 정신마저 혼미해져 왔지만 어차피 해야 하는 연주, 그냥 최대한 집중해서 하자는 생각으로 무대에 올랐다. 첫 곡은 〈헝가리안 랩소디〉였다. 클라리넷 솔로 부분만 연주하자는 생각으로 연주를 시작했다. 막상 집중을 하니 아픈 것도 잊은 채 리허설 때보다 소리도 편하게 났고 큰 실수 없이 무사히 연주를 마쳤다. 그런데 첫 곡이 끝나니 배가 살살 아파 왔다.

두 번째 곡인 〈차이코프스키 피아노 협주곡 1번〉의 연주가 시작되었다. 그 곡도 오케스트라와 같이 나오는 부분은 부는 척만 하고 솔로 부분에 집중을 했다. 그런데 갑자기 악보가 잘 안 보이기 시작하더니 급기야 쉬는 마디를 놓쳐 버렸다.

'어떡하지…….'

하고 있는데 다행히 솔로 부분에서 대장님이 사인을 줘서 찾아갈 수 있었다. 두 번째 곡도 그렇게 무사히 끝나고 중간 쉬는 시간이 되었다. 다음으로 〈차이코프스키 교향곡 5번〉을 해야 했는데 무척 걱정이 되었다. 곡 길이도 긴 데다가 쉬어갈 부분이 없어서 난감했다.

"오케스트라 대기하십시오!"

무대 위에서 연주 시작을 기다리는데 어지럽고 졸음이 쏟아졌다.

'안돼! 문석환, 정신 차리자! 이 곡만 끝나면 집에 갈 수 있다!'

〈차이코프스키 교향곡 5번〉 1악장은 첫 마디부터 클라리넷 솔로가 나와서 긴장을 풀 수가 없었다. 지휘자의 지휘봉이 올라가고, 최대한 집중을 해서 소리를 냈는데 첫 음이 이제껏 냈던 소리 중에 가장 좋은 소리가 나왔다. 갑자기 정신이 번쩍 들었다. 나는 세계적인 오케스트라의 클라리넷 수석 연주자가 된 기분으로 몸을 흔들었다. 그렇게 아픔도 잊은 채 몰입하여 1악장을 끝냈다. 대장님과 눈이 마주쳤는데 아주 만족한 표정이셨다.

하지만 1악장을 너무 만족스럽게 마친 탓인지 긴장이 풀어지면서 2악장부터는 미친 듯이 졸리기 시작했다. 특히 2악장은 곡이 느리면서 멜로디가 너무 좋았기에 내 귀에는 마치 자장가처럼 들리기 시작했다. 나는 대장님께 들키지 않으려고 최대한 버텼지만 결국 졸음을 참지 못했다. 정신 차리면 몇 마디가 흘러가 있었고, 다시 정신을 차리면 몇 마디가 흘러가는 식으로 2악장이 끝났다. 나는 후임에게 물었다.

"나 악기 불었어?"

“네, 하나도 안 틀리고 연주하셨습니다.”
“아…. 다행이네.”

잠결에도 몸이 기억하고 연주를 했던 것이다. 한숨 잘
자서 그런지 컨디션이 회복되었고 덕분에 3악장과 4악장
은 조금의 실수는 있었지만 무사히 연주하고 끝낼 수 있
었다. 그렇게 위태위태했던 부산 행사가 끝났다.

연주가 끝나고 서울로 가는 버스에 오르려는 순간이
었다.

“오늘 외박 가시는 분들은 시간 관계상 여기서 나가는
것으로 되었습니다.”
“네??!!”

당연히 양재에서 내려 주는 줄 알고 있던 나는 적잖이
당황했다. 하지만 기차를 타고 서울로 올라갈 엄두가 나
지 않던 나는 후임과 함께 해운대에서 소주를 마시며 외
박을 보냈다.

제31화

드디어 고참되다

<u>1999년 8월 상경 말호봉에 고참되다</u>

다른 부대는 어떤지 모르겠지만 우리 같은 경우 위에서 고참을 물려줘야 제대로 된 고참 노릇(?)을 할 수 있었다. 예를 들면, 낮잠 자기, TV 마음대로 보기, 다른 생활관 마음대로 돌아다니기, 주머니에 손 넣기, 단화 꺾어 신기 등등, 이런 자유는 정식으로 고참이 되어야지만 누릴 수 있는 호사였다. 물론 '고참' 대우는 정식 계급장이 있는 것이 아니고, 말하지 않아도 다 아는 암묵적인 규칙이었다.

대신 고참이 되려면 윗고참들의 엄청 빡센 얼차려를 받아야 했다. 일종의 통과의례인 셈이다. 힘들다고 소문난 고참 얼차려였지만 나와 동기들은 매일매일 이 얼차려를 손꼽아 기다렸다.

부산 〈클래식의 밤〉 행사가 끝나면 고참을 준다고 했는데, 부대 복귀 후 며칠이 지나도 아무 소식이 없었다. 답답했던 나는 생활실 바로 위 고참에게 물었다.

"저…, 저희 언제쯤 고참 되는지 알 수 있을까요?"
"글쎄, 나도 잘 몰라. 너네 한 달 뒤에 주자는 사람도 있어서 고민 중이야."
"뭐?!"
"어, 문석환 이제 반말이네?"
"죄송합니다!"

그렇게 다시 며칠이 지난 어느 날 오후였다.

"569기, 570기 체육복으로 환복하고 막사 앞으로 집합합니다."

우리 기수와 일주일 고참들의 집합을 알리는 방송이 나왔다.

'드디어!!!'

우리는 기쁜 마음으로 얼른 체육복으로 환복하고 막사 앞에 모였다. 바로 위 고참 대여섯의 인솔하에 우리는 물탱크 쪽 경찰대 뒷산으로 올랐다. 도착하자마자 바로 얼차려가 시작되었다. 이 얼차려가 훈련소보다 힘들다는 이야기는 들었지만 그래도 설마설마했었다. 하지만 막상 시작하자 진짜 장난이 아니라는 생각이 들었다. PT 체조, 오리걸음, 팔벌려뛰기, 낮은 포복 등등등 얼차려가 끝없이 이어졌다.

"하나, 둘, 셋, 하나!"
"하나, 둘, 셋, 둘!"
"하나, 둘, 셋, 셋!"

그렇게 얼차려를 받던 중 동기 한 명이 외쳤다.

"야!! 이제 그만 좀 해! 우리 죽겠다!!"
"이것들이 이제 간이 배 밖에 나왔구만."

반항 후 얼차려 강도는 더 세졌다. 우리는 반항할 힘도 없어 고분고분 얼차려를 다 소화해 냈다. 온몸이 땀으로 젖었다. 그렇게 두세 시간이 흘렀을까. 드디어 얼차려가 끝났다.

"얼차려 받는다고 고생 많았다. 이제 같은 고참이라고 기어오르지 말고. 축하한다."

우리는 땀범벅이 되어 서로를 부둥켜안고 기쁨의 눈물을 흘렸다. 생활실에 복귀하니 후임들이 우리를 축하해 주었다.

'진짜 좋은 고참이 돼야지!'

온몸이 녹초가 된 나는 내일부터 '고생 끝, 행복 시작'일 거라는 기대를 안고 기분 좋게 잠자리에 들었다.

제5장

—

수경

제32화

두 번째 경찰의 날 (1)

1999년 10월 21일 경찰의 날 기념 연주회

최고참이 되고 수경도 달았다. 하지만 다음날부터 뭔가 많이 달라질 거라는 기대와는 달리, 근무가 당직으로 바뀐 것 외에는 달라진 게 없었다. 세어보니 제대까지는 아직 180일이나 남아있었다. 당시 우리는 10월에 있을 경찰의 날 기념 연주회를 위해 8월부터 매일 오전 오후 오케스트라 연습을 하고 있었다. 수경이 된 내게 급선무는 오케스트라에서 빠지는 일이었다.

'어떻게 대장님께 말씀드리지? 말했다가 엄청 깨지는 거 아니야?'

이런저런 생각을 하고 있는데 동기가 나를 불렀다.

“석환아, 나는 이번 연습부터 오케스트라에서 빠져.”

“진짜? 대장님께 말씀드렸어?”

“아니, 첼로 인원 넘친다고 그냥 쉬래.”

“정말? 진짜 좋겠다…….”

“너희 클라도 사람 많잖아, 한번 말씀드려봐.”

“그럴까……”

나는 신병이었던 나를 오케스트라에 합류시키고 빠졌던 고참처럼, 나도 후임을 넣고 오케스트라 연습에서 빠져야겠다고 생각했다. 기회를 봐서 대장님께 말씀드려야겠다고 생각하는 순간, 방송이 흘러나왔다.

“오케스트라 입실하십시오.”

나는 서둘러 악기를 챙겨 신관에 있는 오케스트라실로 향했다.

어떻게든 행사에 빠지는 게 목표가 된 나는 우선 대장님께 말씀드리지 말고 그냥 못 불어서 내쫓기는 방법을

택하기로 했다. 일부러 솔로에서 안 나오고 삑 소리를 내
는 등의 전략을 실천에 옮겼다. 그런데 아무 얘기도 없이
연습이 지나갔다. 하루, 이틀, 사흘… 그렇게 일주일 동안
을 대충 불었는데도 대장님은 별말씀이 없으셨다.

'이게 뭐야……. 이게 아닌데……. 진짜 경찰의 날 행사
까지 가는 거야?'

그러고 있는데 드디어 대장님이 호출을 하셨다.

'오-예!!! 드디어 오케스트라 탈출이다!!'

나는 들뜬 마음으로 대장실로 달려갔다.

"똑똑"
"들어와."
"수경 문석환 대장실에 용무 있어서 왔습니다."
"오, 석환이, 이리로 앉아."
"네."

216

"석환이, 이제 제대가 얼마 남았지?"

"5개월 정도 남았습니다."

"그렇군. 이제 별로 안 남았구나. 오케스트라하기 힘들
지?"

"아닙니다!"

자동 반사처럼 나온 이 대답 때문에 오케스트라를 제대
직전까지 하게 될 줄은 몰랐다.

"그래? 힘들면 다른 단원으로 바꿔 줄까 했는데 아니라
니 다행이네."

'???'

"10월 경찰의 날 행사까지는 잘 부탁하네."

이게 뭔 일이란 말인가? 이제 복학 준비도 해야 하고 개
인연습도 해야 하는데 정말 큰일이다 싶었다. 나는 '저…
대장님 이번 행사부터 후임들 시키면 안 되겠습니까?'라
고 말하고 싶은 마음이 굴뚝같았지만 차마 입 밖으로 내
지 못하고 심란한 마음으로 대장실을 나왔다.

제33화

두 번째 경찰의 날 (2)

<u>1999년 10월 21일 경찰의 날 기념 연주회</u>

다음날부터 엄청 짜증이 난 상태로 오케스트라 연습에 들어갔다. 아침을 먹고 오전 연습에 들어가는데 오케스트라에서 제외된 동기를 마주쳤다.

"석환아, 수고해. 나는 개인연습하러 간다."

순간 화가 나기도 하고 한편으로 정말 부럽기도 했다.

경찰의 날 기념 연주회 프로그램은 베버(Weber)의 〈오이리안테 서곡(Euryanthe Overture)〉, 칠레아(Cilea)의 〈페데리코의 탄식(Lamento Di Federico)〉, 슈트라우스 2세(Strauss II)의 〈웃음의 아리아(Mein Herr Marquis)〉, 모차르트(Mozart)의 〈파파게노 파파게나(Papageno

Papagena)〉, 사라사테(Sarasate)의 〈찌고이네르바이젠
(Zigeunerweisen Op. 20)〉, 글린카(Glinka)의 〈루슬란과
루드밀라 서곡(Ruslan and Lyudmila Overture)〉, 기상곡
〈나의 살던 고향은〉 등의 곡들과 가수 이선희, 국악인 김
영임과의 협연으로 구성되었다. 다행히 연습하기에 아주
힘든 곡들은 아니었다. 특히 협연곡들은 어렵지 않아서
10월이 다 되어서야 연습을 시작했다.

9월에는 경찰의 날 연습만 하고 행사가 없을 줄 알았는
데 작은 행사들이 많이 잡혀 있었다. 원래 오케스트라 대
원들은 행사에서 열외되었지만 당시 클라 후임들 실력이
아직 부족해서 나는 관악합주 행사에 참여해야 했다. 클
라 중에는 제대를 바로 앞둔 선임말고는 내가 최고참이었
기에 행사에 나가도 그렇게 힘들지는 않았지만 행사를 나
간다는 자체가 너무 싫었다. 그렇게 오케스트라 연습시간
외에도 각종 야외행사, 고등학교 행사에 참여해야 했다.

'수경 돼서도 개인연습도 못 하고 이게 뭐야……. 휘유.'

당시 경찰의 날 행사 참여인원은 외박이 정지되어 있었고 주말도 하루 종일 연습으로 보내야 했기 때문에 가슴 밑에서부터 울화통이 터져왔다. 나는 용기를 내서 대장님을 한 번 더 찾아가 보기로 마음먹었다.

"똑똑"

"들어와."

"수경 문석환 대장실에 용무 있어서 왔습니다."

"그래, 석환이 어쩐 일이야?"

"드릴 말씀이 있어서 찾아왔습니다."

"뭔가?"

"제가 생각해 봤는데, 저도 이제 제대도 얼마 남지 않았고 후임들에게도 기회를 주고 싶어서 그런데, 이번 행사부터 후임들에게 기회를 주면 안 되겠습니까?"

"자네 지금 행사가 한 달도 남지 않았는데 이게 무슨 말인가? 자네 기율대에 가고 싶나?"

"네?! 잘 못 들었습니다."

"기율대 가고 싶냐고 물었네. 지금 이렇게 중요한 행사를 앞두고 최고참이 되어서 빠지려고 해? 그렇게 하기 싫으면 기율대 가서 정신 차리고 와야지."

"네?! 아, 아닙니다. 저는 오케스트라 연주가 너무 좋습
니다!"

"그렇게 좋은데 왜 후임을 넣으려고 했나?"

"후임들한테도 기회를 주려고 그랬습니다!"

"후임들 기회는 자네 제대하고 나면 충분히 줄 테니 걱
정 말게."

"네! 잘 알겠습니다!"

그렇게 내 최후의 발악은 실패로 끝나고 말았다. 그날
이후 나는 자포자기하는 심정으로 열심히 연습에 임했다.

'설마……. 이게 마지막이겠지?'

정신없이 연습을 하는 사이에 어느새 내 군 생활 두 번
째 경찰의 날 행사날이 밝았다.

제34화

두 번째 경찰의 날 (3)

<u>1999년 10월 21일 경찰의 날 기념 연주회</u>

전년에 이어 그해도 세종문화회관에서 행사가 진행되었다. 우리는 아침부터 분주히 준비해서 행사장으로 출발했다. 그날 날씨가 무척 좋았던 기억이 난다. 버스를 타고 약 1시간 정도 지나 세종문화회관에 도착했다. 무대를 세팅하고 리허설까지 시간이 남아 대기실에서 잠깐 눈을 붙이려고 하고 있는데 갑자기 리허설을 일찍 시작한다며 모두 무대로 나오라고 했다.

"뭐야? 갑자기 왜 일찍 시작하는 거야?"

"아, 이선희 씨와 김영임 씨가 저희랑 합주 연습을 못 해서 오늘 리허설 때 맞춰 보기로 해서 일찍 시작한다고 합니다."

그렇게 계획보다 일찍 악기까지 세팅을 다하고 협연자들을 기다리고 있는데 한 관계자가 대장님께 오더니 귓속말로 뭐라 하고는 자리를 떴다. 대장님 얼굴이 잔뜩 찌푸려지더니 이윽고 입을 여셨다.

"아, 이선희 씨랑 김영임 씨가 조금 늦는다고 하니까 일단 우리 연주곡부터 연습하자."

우리는 먼저 〈루슬린과 루드밀라 서곡〉 연습을 시작했다. 개인적으로는 고등학교 때부터 자주 연주했던 곡이라 자신 있었다. 하지만 문제는 대장님의 지휘 템포였다. 아니나 다를까, 리허설이 시작되자마자 평소 보다 지휘가 두 배로 빨라져 연주가 몇 번이나 끊겼다. 원래는 다시 한 번 맞춰봐야 할 정도였지만 그냥 넘어갔다. 그 뒤로 이어진 다른 성악곡들과, 〈찌고이네르바이젠〉, 〈나의 살던 고향은〉은 더 한심했다. 문제는 아직 한 번도 맞춰 보지 않은 곡들도 있다는 것이었다. 이선희와의 협주곡만 빼고 잠시 쉬고 있는데 옆에 있던 후임이 물었다.

“문석환 수경님, 저희 이러다가 행사 끝나고도 휴가 못 나가는 거 아닙니까…….”

“야, 그런 재수 없는 소리 하지 마. 휴가는 무조건 나간다.”

대답은 그렇게 했지만 사실 나도 리허설 때 연주 수준으로는 창피만 안 당해도 다행이라는 생각이 들었다.

간단히 점심을 먹고 드디어 이선희와의 협연곡 리허설이 시작되었다. 오래 기다린 만큼 잔뜩 기대하고 있었는데, 생각지도 못하게 이선희는 거의 노래를 부르지 않았다. 목 관리 차원에서 우리 반주만 조금 듣더니, “여기까지 할게요.” 하고 끝내 버렸다. 이게 웬일이란 말인가.

‘아, 휴가는 물 건너갔구나…!’

연습 한 번 제대로 못 했는데 리허설 마저 대충 끝내버리는 모습을 보고 조금 남아있던 기대조차 무너져 버렸다. 우리는 그냥 마음을 비우고 본 연주에 임하자고 서로를 격려했다.

행사 5분 전.

나는 살짝 관객석 쪽을 살펴보았다. 생각보다 훨씬 많은 사람들이 앉아 있었다. 전년보다도 많은 인원이었다. 리허설을 엉망으로 마무리했는데 그렇게 많은 사람들이 앉아 있는 것을 보니 갑자기 긴장되기 시작했다. 나는 기도했다.

'제발!! 아무 탈 없이 무사히 연주가 끝나서 휴가 좀 나가게 해 주세요!!!'

첫 곡 〈루슬린과 루드밀라 서곡〉을 앞두고 대장님을 쳐다보았다. 대장님도 엄청 긴장하셨는지 쥐고 있던 지휘봉이 덜덜 떨렸다.

'아… 진짜 큰일 났다.'

라고 생각하면서 악장을 보니 온몸으로 본인을 보면서 연주하라는 사인을 보내고 있었다. 그렇게 첫 소절이 시작되었다.

"뺌뺌빠 뺌뺌빠뺌! - 뺌뺌빠 뺌뺌빠뺌!"

아니나 다를까 대장님의 지휘가 점차 빨라지기 시작했다. 우리 모두는 악장을 보며 지휘보다 천천히 연주를 했다. 관객들에겐 대장님이 뭔가 엄청나게 열정적인 지휘자로 보였겠지만 지휘자를 보지 않고 악장의 몸짓에 맞춰야 하는 우리는 죽을 맛이었다. 다행히 실제 연주는 그 어느 때보다 잘 맞았다. 첫 곡이 끝났다. 객석에서 우뢰와 같은 박수 소리가 나왔다.

두 번째 곡은 성악가와의 협연곡 〈페데리코의 탄식(Lamento Di Federico)〉이었다. 이 곡의 반주가 사실 제일 맞추기 힘들었지만 박자를 리드하는 성악가의 노련한 동작 덕분에 마찬가지로 무사히 끝낼 수 있었다.

'됐다! 이제 휴가 나갈 수 있겠어!'

다음으로 국악가 김영임과의 협연이 시작되었다. 이 곡에서 클라리넷이 나오지 않아 나는 잠시 눈을 감았다. 그러다 화들짝 놀라 눈을 떴는데 〈나의 살던 고향은〉 연주가 이미 반쯤 지나있었다. 게다가 웬일인지 나는 반바지 차림으로 앉아 있었다.

'이게 뭔 상황이야?!!!'라고 생각한 순간이었다.

"문석환 수경님, 일어나십시오. 국악 연주 끝났습니다."

후임이 나를 흔들어 깨웠다. 다행히 꿈이었다. 안도의 한숨을 내쉬고 1부 마지막 곡인 성악곡 〈웃음의 아리아 (Mein Herr Marquis)〉 연주를 마쳤다.

1부가 끝나고 15분 정도 휴식 시간을 가졌다. 쉬는 시간에 대기실에서 방금 꾼 꿈 이야기를 나누고 있는데 한 후임이 장난치다가 2부에서 내가 불어야 하는 Eb 클라를 탁자에서 떨어트렸다.

“……”

순간 대기실에 10초 정도 정적이 흘렀다.

“문 수경님, 악기 한 번 테스트 해 보셔야 하는 거 아닙
니까?”

후임 중 한 명이 내게 말했다. 혹시나 싶어 얼른 테스
트를 해 보았다. 그런데 정말로 전혀 소리가 나지 않았다.
키도 부러져 있어서 거의 불 수 없는 상태였다. 짜증이 났
지만 어쩔 수 없었다. 나는 하는 수 없이 지난 수원여고 행
사 때처럼 조를 바꿔서 부는 수밖에 없다고 생각했다.

2부가 시작되었다. 바이올린 연주자와의 협연곡인 〈찌
고이네르바이젠(Zigeunerweisen Op. 20)〉이었다. 첫 소
절부터 박자가 약간씩 어긋나기 시작했다. 하지만 연주자
가 우리를 보면서 박자를 잘 맞춰 줘서 다행히 연주가 끝
나고 객석으로부터 큰 함성과 박수를 받았다.

마지막으로 가수 이선희의 무대가 이어졌다. 〈아름다운 강산〉과 〈J에게〉 등 잘 아는 곡들이었다. 리허설 때를 생각하며 별 기대 없이 연주를 시작하던 나는 말 그대로 폭발적인 가창력과 무대 매너에 큰 감동을 받았다. 리허설 때와는 너무 다른 반전이 충격적이기까지 했다. 역시 프로는 프로라는 생각이 들었다.

마지막 곡인 기상곡 〈나의 살던 고향은〉이 시작되었다. 이선희 무대에 너무 심취했었는지 Eb 악기가 고장 났다는 사실을 깜빡 잊고 있던 나는, 악보를 보는 순간 '아차' 싶었다. 그런데 예전에 몇 번 했던 곡이라 그런지 조를 바꿔서도 생각보다 순조롭게 연주를 마칠 수 있었다. 대장님 표정이 무척 밝았다. 우리도 휴가를 나갈 수 있다는 생각에 기분이 좋았다. 그렇게 수많은 우여곡절 끝에 경찰의 날 기념 연주회가 끝났다.

제35화

화려한 휴가 (1)

<u>1999년 10월 25-31일 포상휴가</u>

군 생활 마지막(?) 큰 행사가 끝나서 무척 후련했지만 마음속으로는 제대 후가 걱정되기 시작했다. 나는 그동안 개인연습을 못 했으니 이제 남은 기간은 개인연습에 몰두 해야겠다고 다짐했다. 막상 제대 직전까지 행사에 나가게 될 줄 그때는 전혀 몰랐다.

경찰의 날 행사가 끝난 다음 주 월요일부터 우리는 특 박과 외박을 붙여 일주일 정도 휴가를 가게 되었다. 휴가 를 앞둔 토요일 오전, 나는 아침도 거르고 개인연습을 하 러 신관 연습실로 내려갔다. 예전에 했던 곡들을 연습했 는데 손가락이 전혀 돌아가지 않았다.

'어떡하지?!'

갑자기 공포가 몰려왔다. 제대 날짜가 2월 28일이었다. 다행히 바로 복학하는 것이 아니고 한 학기 뒤에 복학이라 약간 시간 여유가 있기는 했지만 너무 심각할 정도로 되는 곡이 하나도 없었다.

급한 마음에 선생님께 전화를 걸었다.

"선생님! 저 석환입니다."

"어, 석환아, 제대했어?"

"아니요, 이제 4개월 정도 남았습니다."

"아직 4개월이나 남았구나."

"다름 아니라 저 다음 주에 일주일 정도 휴가 나가는데 레슨 좀 받고 싶어서요."

"그래? 그럼 화요일 오후 2시쯤 어때?"

"네! 그때 찾아뵙겠습니다."

"요즘 무슨 곡 하니?"

"아……. 행사가 많아서 거의 연습을 못 했어요. 모차르트 준비해 가겠습니다."

"그래 화요일에 보자."

"네, 감사합니다."

나는 전화를 끊고 모차르트 클라리넷 협주곡 1악장(W. A. Mozart - Clarinet Concerto in A Major, K. 622: I. Allegro) 연습을 시작했다. 연습을 막 시작했는데 동기 한 명이 연습실로 들어왔다.

"석환아, 탁구 한 게임 어때?"
"나 연습해야 돼……."
"한 게임만 치자."
"그럴까??"

'그래…, 부대 안에서는 도저히 연습이 안 되네.'

나는 휴가 나가서 열심히 연습하겠다고 마음먹고 주말 내내 동기들과 탁구를 쳤다.

제36화

화려한 휴가 (2)

1999년 10월 25-31일 포상휴가

드디어 휴가 나가는 날이 밝았다. 아침도 거른 채 사복으로 환복하고 휴가 나갈 준비를 하고 있을 때였다. 다른 생활실의 친한 후임이 나를 찾았다. 그 후임은 집이 대전이었다.

"형, 휴가 때 뭐 해요?"
"글쎄, 그냥 연습하다가 올 것 같은데?"
"그럼 한 금요일쯤 대전 올래요? 우리 같이 놀아요!"
"그럴까?"

그렇게 후임과 인사를 하고 집으로 향했다. 직원 통근버스를 타고 양재에 내린 후 택시를 타고 집으로 향했다.

“엄마, 저 왔어요.”
“……”

집에 아무도 없었다.

‘어디 가셨지?’

엄마 핸드폰으로 전화를 걸었지만 계속 연결이 되지 않
았다.

‘나 휴가 나오는 줄 아실 텐데…….’

생각하며 식탁으로 향했는데 식탁 위에 메모가 놓여 있
었다.

‘아들, 엄마 아빠는 해외여행 간다. 2주 정도 걸릴 거야.
밥 잘 챙겨 먹고 제대하고 보자.’

순간 눈물이 앞을 가렸다.

‘제대 전에 또 외박 나오는데……’

그때 전화가 울렸다. 또 다른 군대 후임이었다.

“형, 저 석원이에요.”
“석원아, 집에 잘 도착했어?”
“네. 근데 형 오늘 뭐 해요?”
“나? 이따 학교 가서 연습하려고 하는데?”
“형, 소개팅 안 할래요?”
“소개팅?!”
“네, 제 학교 후밴데 형한테 소개시켜 주고 싶어서요.”
“아, 미안. 내일 레슨이라서 오늘은 연습해야 할 것 같아.”
“아……. 아쉽네요. 그럼 복귀해서 봐요, 형.”
“그래…….”

전화를 끊고 또 눈물이 앞을 가렸다. 이게 얼마 만의 소개팅인데…, 연습 때문에 거절을 하다니……. 나는 아쉬운 마음을 뒤로 한 채 학교로 향했다. 오랜만에 학교 선후배들을 만날 생각에 조금 설렜다. 음대 건물에 도착했을 때 마침 한 선배 형을 마주쳤다.

“오- 문석환. 제대했어?”
“형! 아직 몇 개월 남았어요.”
“근데 학교는 왜 왔어? 군바리가?”

순간 욱했지만 나는 애써 참으며 대답했다.

“내일 레슨이라 연습하러 왔어요.”
“휴가 나와서 무슨 연습이야? 같이 술이나 마시자.”
“안 돼요, 내일 레슨 받을 때 못하면 엄청 혼날 수도 있어서요.”
“그래, 그럼 담에 꼭 한잔하자.”

그렇게 선배 형의 유혹을 물리치고 연습실에 도착했는데 연습실이 꽉 차 있었다. 다들 신입생인지 모르는 얼굴뿐이었다. 그때 멀리서 누군가 나를 불렀다.

“형!”

97학번 클라리넷 후배였다.

"원준아, 잘 지냈어?"
"어쩐 일이에요?"
"아, 나 연습하러……."

갑자기 후배가 미친 듯이 웃으며 말했다.

"형, 진짜 할 일 없나 보네요. 휴가 나와서 연습이나 하고."
"야, 나 소개팅도 들어오고 술 마시자는 사람도 있었는데 내일 레슨이라서 연습하러 온 거야."
"아, 네네-"

원준이는 내 말을 안 믿는 눈치였다. 그래도 같이 연습을 하자고 해서 참고 연습을 시작했다.

"형, 소리가 왜 그래요?"
"응? 왜??"
"예전에 형 소리 진짜 좋았는데 많이 거칠어진 것 같

아요.”

“그래? 부대에 행사가 많아서······.”

순간 자존심이 상했다. 한두 시간 정도 흘렀을까, 원준이가 나를 불렀다.

“형!”

“왜?”

“그러지 말고 우리 한잔해요.”

“진짜 안 돼······. 나 내일 레슨이라.”

“그럼 어쩔 수 없죠. 저 먼저 갈게요. 다음 휴가 때 꼭 한잔해요.”

원준이가 가고 나서도 나는 열심히 모차르트를 연습했다. 그때 한 통의 전화벨이 울렸다.

제37화

화려한 휴가 (3)

<u>1999년 10월 25-31일 포상휴가</u>

"삐리리리 삐리리리-"

"여보세요?"

"콜록- 석환아, 나 선생님인데……. 감기에 걸려서 내일 레슨 못 할 것 같다."

"선생님, 그럼 푹 쉬세요."

"미안하다. 다시 연락 줄게."

"네….."

전화를 끊고 시계를 보니 밤 9시가 넘어 있었다. 누군가에게 연락해서 다시 약속을 잡기엔 너무 늦은 시간이었다.

'아…, 내 소개팅…, 내 술 약속…. 황금 같은 휴가에 이게 뭐람?'

　마음속으로 선생님을 원망하며 악기를 정리하고 집에 갈 준비를 했다. 아직 겨울이 되지 않은 10월이었지만 한겨울같이 느껴졌다. 집으로 가는 버스에 올라탔는데 라디오에서 〈달팽이〉 노래가 흘러나왔다.

　"집에 오는 길은 때론 너무 길어 나는 더욱더 지치곤 해-"

　노래가 꼭 내 얘기 같아서 나도 모르게 눈에 눈물이 맺혔다. 집에 도착해 일찍 잠을 자려고 했지만 도통 잠이 오지 않았다. 새벽이 되어서야 잠이 들었고 다음날 점심때가 다 되어서야 눈을 떴다. 오늘은 그냥 집에서 연습해야겠다고 생각하고 악기를 꺼내 연습을 시작했다. 먼저 롱톤에서 스케일을 하고 모차르트 연습을 하고 있었다. 한참 연습을 하고 있는데 초인종이 울렸다.

　"딩동- 딩동-"
　"누구세요?"
　"저 아랫집 사람이에요. 우리 애가 재수생이고 이제 곧 입시인데 악기 소리가 너무 시끄러워서요."

“아, 죄송합니다.”

나는 악기를 정리하고 할 일이 없어 근처 비디오 가게
로 갔다.

‘그래 기왕 이렇게 된 거 비디오나 실컷 보자.’

비디오 두세 개를 빌려서 보다가 잠이 들었다. 시간이 얼
마나 흘렀을까, 일어나 보니 벌써 저녁이 다 되어 있었다.

‘군대에 있을 땐 그렇게 시간이 안 가더니 왜 이리 시간
이 빨리 가는 거야?’

그때 전화가 울렸다.

“여보세요?”
“석환아, 엄마야. 잘 지내고 있지?”
“네….”
“일정이 길어져서 우리 더 늦게 돌아갈 것 같아. 우리

아들 밥 잘 챙겨 먹어."

"네⋯."

엄마의 전화를 끊고 처음으로 얼른 부대로 복귀하고 싶은 생각이 들었다.

'그냥 내일 복귀할까? 아니야, 대전에 가기로 했는데 오늘은 그냥 푹 쉬자.'

나는 마음을 고쳐먹고 다시 잠을 청했다. 그런데 갑자기 누가 나를 흔들어 깨우는 것이 아닌가?

"누구야?!"
"문석환, 지금 몇 신데 막내가 아직 자고 있어?!"
'막내?'

정신을 차려보니 내가 부대로 복귀해 있었다. 고참이 나를 깨운 것이었는데 내가 다시 막내가 되어 있었다.

"문석환, 너 정신 안 차려? 그리고 너 왜 반말이야?!"
"어? 이재준 수경님 벌써 제대하셨는데 왜 여기 계세요?"
"뭐야? 너 꿈꿨냐? 정신 차려!"

순간 등골이 오싹했다.

'그럼 지금까지 모든 게 꿈이었단 갈이야?'

나는 억울한 마음에 울음을 터트렸다. 그렇게 큰 소리를 내며 오열하다 갑자기 잠에서 깨어났다. 다행히 나는 집에 누워 있었다.

'휘유, 꿈이었구나.'

그날 나는 뜬눈으로 밤을 지새웠다.

다음날도 느지막이 일어나 밥을 먹고 있는데 선생님 전화가 왔다.

“석환아, 금요일에 시간 되니?”

“금요일이요? 몇 시쯤이요?”

“오전 11시쯤?”

“네! 금요일에 뵙겠습니다.”

선생님 전화를 받고 나니 나는 마음이 급해졌다. 부랴
부랴 밥을 먹고 바로 학교로 향했다. 다행히 연습실에 사
람이 별로 없어 맨 끝방에 자리를 잡고 연습을 시작했다.
그런데 소리도 너무 안 나고 손가락도 돌아가지 않았다.
나는 점점 불안해졌다.

그때 학교 후배가 연습실로 들어왔다.

“형, 진짜 오랜만이에요. 밖에서 들으니까 형 소리 너무
좋던데요?”

“아, 그래??”

“네, 전보다 훨씬 좋아진 것 같아요.”

나는 후배의 말에 갑자기 자신에 넘쳤다.

레슨 당일.

'오늘 오전에 레슨 잘 받고 바로 대전으로 가서 신나게 놀아야지.'

나는 기분 좋게 선생님 댁 초인종을 눌렀다. 선생님께서 반갑게 맞이해 주셨다.

"너 살이 왜이리 많이 빠졌어?"
"행사가 많아서요."

선생님과 이런저런 얘기를 나누다 레슨을 시작했다.

"자, 이제 한 번 해 볼까?"
"네."

나는 자신 있게 모차르트를 불기 시작했다.

"솔- 미파 라솔파미미, 파레파레 도시-"

내 소리에 빠져 열심히 불고 있을 때 선생님이 외쳤다.

"그만!"
'???'
"석환아, 너 소리가 왜 이래? 모차르트가 놀라서 무덤에
서 나오겠다."

선생님 말씀에 나는 너무나 큰 충격을 받았다.

"……"
"너 그동안 연습했어?"
"……"
"너 바로 복학이 아니라서 천만다행이다."

나는 레슨이 끝나고도 한 시간 넘게 잔소리를 듣고 겨
우 선생님 댁에서 나올 수 있었다.

'그냥 대전에 가지 말까?'

정말이지 아무것도 하고 싶지 않았다. 하지만 이내 스트레스를 좀 풀면 나아질 거란 생각에 나는 서울역으로 향했다.

제38화

화려한 휴가 (4)

<u>1999년 10월 25-31일 포상휴가</u>

서울역에 도착해 보니 다행히 대전행 기차표가 있었다. 지금은 KTX가 있어 대전까지 1시간 남짓이면 도착하지만 당시만 해도 새마을호가 가장 빨랐고 통일호나 무궁화호는 지금보다 훨씬 시간이 많이 걸렸다. 더구나 입석표가 있다 보니 열차에 사람도 엄청 많았다.

나는 악기 가방을 메고 겨우겨우 기차에 올라 자리를 잡았다. 2시간 반쯤 지나자 대전역에 도착했다. 오후 5시쯤 된 시간이었는데 대전에 사는 후임들이 마중 나와 있었다.

"형, 잘 지냈어요?"
"그럼!"

밖에서 후임들을 보니 너무나 반가웠다.

"형, 우리 학교 가서 연습하다가 한잔하러 가요."
"좋아!"

우리는 택시를 타고 배재대 음대로 향했다. 배재대에
도착해보니 몇몇 학생들이 연습을 하고 있었다. 우리는
연습실 하나를 잡고 연습을 시작했다. 그런데 마음이 콩
밭에 가 있어서 그런지 연습이 너무 하기 싫었다. 나는 한
시간 정도 연습하다가 먼저 악기를 정리하기 시작했다.

"우리 그냥 한잔하러 가자."
"좋아요! 근처 술집으로 가요."

밖에 나오니 날이 이미 어둑어둑해 있었다. 금요일이라
그런지 사람들이 정말 많았다.

"뭐야, 대전에 사람이 진짜 많네?"
"형, 몰랐어요? 오늘 한국시리즈인터 한화 진출했잖아

요. 오늘 이기면 한화가 우승이라서 사람들이 응원하러
나온 거예요.”

“아…, 그렇구나. 어느 팀이랑 하는데?”

“롯데요!”

술집에 들어가니 TV에는 야구 중계가 틀어져 있었고
사람들은 열심히 응원을 하며 술을 마시고 있었다. 우리
도 구석 자리에 앉아 술잔을 기울이며 중계를 지켜봤다.
내가 응원하는 팀이 아니라 그런지 주위 사람들처럼 홍이
나지는 않았지만, 워낙 사람들의 열기가 뜨겁다 보니 나
도 모르게 한화를 응원하고 있었다.

8회까지 2대3으로 지고 있어서 오늘은 롯데가 이기겠
구나 했는데, 9회초 공격에서 역전을 하고 그 점수로 경
기가 끝났다. 한화가 4승으로 한국시리즈 우승을 확정 짓
는 순간이었다. 순간 술집은 엄청난 환호성으로 가득 찼
다. 가게 밖 거리를 보니 수많은 사람들이 뛰쳐나와 서로
얼싸안고 하이파이브를 하고 있었다. 그때가 창단 첫 우
승이었다고 하니 대전 사람들의 기쁨이 얼마나 컸을까.

하지만 그 후로 2025년인 지금까지 한화가 한 번도 우승을 하지 못할 것이라고는 당시에는 전혀 알지 못했다. 역사적인 순간이었다. 사장님은 술과 안주를 계속 서비스로 주셨다. 나중에 물어보니 그 술집이 없어졌다고 해서 마음이 조금 무거웠다. 아무튼 잊지 못할 추억의 장소이다.

우리는 한 후임집으로 가서 다시 밤새도록 술을 마셨다. 다음 날 점심때쯤 일어나 해장을 하고는 또 신나게 거리를 돌아다녔다. 휴가만 나오면 왜 이렇게 시간이 빨리 가는지…, 한 일도 없는데 어느새 저녁이 되어 있었다. 우리는 다시 배재대 근처 술집에서 술을 마셨다. 대전에 사는 또 다른 후임이 외박을 나와 우리와 합류했고 그렇게 밤새워 웃고 떠들며 밤을 새웠다.

드디어 복귀날, 서둘러 짐을 정리해 대전역으로 향했다. 우리는 술이 덜 깬 채 앉자마자 잠이 들었다. 잠깐 눈을 붙이자마자 서울역에 도착했다. 처음에는 버스를 타려고 했지만 기다려야 하는 시간이 길어 택시를 타고 부대로 향했다. 역시나 깜빡 잠이 들었는데 눈을 떠보니 벌써

밤이 되어 있었다. 나는 핸드폰도 악기도 없이 혼자 길가
에 누워 있었다.

"형, 형!! 일어나요, 도착했어요!"

알고 보니 또 꿈이었다.

'휘유, 왜 맨날 이런 꿈만 꾸지?'

나는 안도의 한숨을 내쉬었다. 그렇게 나의 화려한 휴
가가 끝났다.

제39화

기-적의 세일러문

<u>1999년 11-12월 지역 유치원 경찰대 견학 행사</u>

마지막 포상휴가를 다녀오니 진짜 제대가 가까워지는 것이 느껴졌다. 부대에 복귀하자마자 며칠 남았나 세어봤더니 아직도 90일도 넘게 남아있었다.

'아직 90일이나 남았다고?!'

나는 한숨을 쉬며 일과를 시작했다. 그래도 이제 경찰의 날 행사 전과는 180도 다른 일과를 보낼 수 있었다. 오전 개인연습, 오후 개인연습 및 휴식, 저녁 휴식……. 행사도 나가지 않아도 되고, 새벽근무도 열외가 되어서 몸은 무척 편했지만 뭔가 무료한 날들이 계속되었다. 온 부대가 조용하게 느껴졌다.

그러던 어느 날이었다. 평소 우리가 하던 행사와는 조금 다른 행사를 하게 되었다. 매주 토요일, 지역 유치원에서 경찰대를 견학하는 행사였는데 우리 신관 건물에서 견학 온 유치원생들을 위해 작은 연주회를 열었던 것이다. 견학 오는 유치원은 매주 바뀌었다. 우리의 관심사는 당연히 유치원생들이 아닌 유치원생들을 인솔하는 우리 또래의 선생님들이었다.

그 행사는 연주회 참석 인원이 당일 아침에 결정되었기 때문에 부대원들 모두가 아침부터 씻고, 머리에 무스를 바르고 향수를 뿌리며 난리를 치며 대기했다. 어떻게 해서든 행사에 나가지 않으려고 애쓰던 사람들은 다 어디 갔는지, 이 행사만큼은 고참들도 나가고 싶어 안달이었다.

그렇게 매주 유치원 견학 행사가 있던 11월 어느 날이었다. 아이들과 같이 온 선생님이 정말 너무 예뻐서 부대가 난리가 난 적이 있었다. 누구나 할 것 없이 선발되지도 않았는데도 신관 합주실로 달려갔다. 아이들을 위한 연주

라 동요와 만화 주제곡을 많이 준비했는데 리허설 때 갑
자기 어떤 대원은 무대에서 〈문리버〉를 불고 또 어떤 대
원은 〈시네마 천국〉을 불기도 했다.

'짜식들, 행사 때나 저렇게 열심히 하지…….'

라고 속으로 생각한 순간이었다. 그 예쁜 선생님이 아
이들을 데리고 합주실에 들어왔다. 들어오는 선생님 뒤로
광채가 뿜어져 나오는 것 같았다. 다들 눈을 제대로 뜨지
못했다. 지휘자가 우리 오케스트라를 소개하고 나서 연주
가 시작되었다. 첫 곡은 〈세일러 문〉이었다.

"따라라 딴딴 따라라라라라라, 따라라 따라라라라라라."

연주가 끝났다. 그렇게 열정적이고 완벽한 〈세일러 문〉
연주는 처음이었다. 연주가 끝나고 몇몇 고참 대원들이
그 선생님의 전화번호를 물어보려고 망설이고 있는 것이
보였다. 그런데 후임 중 한 명이 갑자기 그 선생님에게 인
사를 건넸다.

"○○아, 잘 지냈어?"

알고 보니, 그 예쁜 선생님이 후임의 전여친이었던 것이다. 후임은 선생님과 밖에서 한참 이야기를 나누다 들어왔는데 표정이 어두웠다. 우리는 다들 걱정해 주는 척하며 유치한 질문들을 던졌다.

"왜왜??"
"어쩌다 헤어졌어?"
"선생님 너랑 동갑이야?"
"어디 사셔?"
"그래서 지금은 애인 있대 없대?"

한참을 듣고만 있던 후임은 끝내 눈물을 쏟고 말았다. 한동안 펑펑 울던 후임은 이윽고 입을 열었다.

"전 여자친구가 양다리를 걸쳐서 헤어졌는데 얼굴을 보니 그만 옛날 생각이 나서 그렇습니다. 죄송합니다."
"아니야, 그렇게 안 보이더니 나쁜 사람이네⋯⋯. 과거는 다 잊고 새로운 사람 만나.”

“그래, 얼굴이 밥 먹여 주냐. 마음이 중요하지!”

우리들은 마음에도 없는 말로 후임을 위로했다. 그렇게 매주 토요일 유치원 견학 행사로 부대가 시끌벅적하던 어느 날이었다. 한창 개인연습을 하고 있는데 후임이 나를 불렀다.

“문석환 수경님, 대장님이 찾으십니다.”

“나를?”

나는 급히 대장실로 향했다.

“수경 문석환, 대장실에 용무 있어서 왔습니다.”

“어, 그래 석환이 이리 앉지.”

“네!”

“덕분에 경찰의 날 행사도 무사히 끝났네.”

“아닙니다! 당연히 해야 할 일입니다.”

“그래그래, 이제 오케스트라 후임들한테 물려줘야지?”

“네! 감사합니다!!”

“그래 이제 오케스트라랑 다른 행사는 후임들한테 물려주고 개인연습하고 레슨도 받을 수 있도록 매주 외박도 허락해 줄 테니 열심히 하게.”

“감사합니다!”

대장실에서 나오며 나는 뛸 듯이 기뻤다. 오케스트라와 행사에 열외될 줄은 알았지만 대장님께서 직접 불러서 말씀해 주시니 더 확신이 갔다. 하지만 그때는 알지 못했다. 군대에서는 누구도 쉽게 믿어선 안 된다는 것을 말이다.

제40화

석환의 귀환 (1)

<u>1999년 12월 22일 송년의 밤 행사</u>

어느새 1999년의 마지막 달이 되었다. 나는 2000년 2월 말이 제대라 제대까지 두 달 정도 남아있는 상황이었다. 나는 모든 행사에서 열외되었다. 바쁠 때보다 시간이 잘 가지 않았지만 매일 개인 연습과 운동을 하면서 하루를 보냈다. 후임들은 연말에 있을 송년연주회 준비에 한창 바빴다.

그렇게 개인 연습실에서 열심히 연습을 하고 있던 어느 날이었다. 누가 연습실 문을 두드렸다.

"똑똑!"

"들어와."

"이경 ○○○ 연습실에 용무 있어 왔습니다."

"어, 너 지금 합주 연습 중 아니야?"

“맞습니다.”

“그런데 왜?”

“……”

뭔가 불길했다.

“무슨 일이야?”

“저기…, 지휘자 선생님께서 찾고 계십니다!”

“나를?”

“네, 지금 좀 같이 가셔야 할 것 같습니다!”

“알았어.”

그러고 나가려고 하는데, 후임이 다시 나를 불러 세웠다.

“저…, 악기도 가지고 가셔야 할 것 같습니다!”

“악기를? 왜?”

“그게…….”

후임에게 상황을 들어보니 너무나 어이가 없었다. 원래

잘하는 후임을 내 자리에 물려줬는데 그 후임이 계속 틀리고 박자를 맞추지 못해서 지휘자님이 화가 많이 나셨다고 했다. 당시 연주 지휘자는 대장님이 아닌 행사를 위해 외부에서 초빙해 혼 지휘자라 내가 말년이라는 사실은 대수롭지 않게 생각했던 모양이었다. 나는 악기를 챙겨 합주실로 들어갔다. 합주실 안의 분위기가 좋지 않았다.

"수경, 문석환"

경례를 하니 지휘자 선생님께서 반갑게 맞아주셨다. 작년 송년연주회 때도 지휘를 하셨던 터라 서로 안면이 있는 상황이었다.

"아, 문석환 수경 그동안 잘 지냈지?"

"네!"

"그래, 제대가 얼마 남았지?"

"두 달 정도 남았습니다."

"혹시, 미안한데, 이번 송년연주회 같이 할 수 있겠나?"

"네?!! 하지만 ○○○도 악기 잘하는 친구입니다."

"그래. 하지만 이번 연주회 곡이 작년에 했던 곡이라 자네가 같이 해 줬으면 좋겠는데."

"네……"

예상치 못한 상황에 온몸이 떨려왔다. 거절할 수도 없고 그렇다고 즐겁게 합주를 할 상황도 아니었다. 그때 대장님이 합주실로 들어오셨다.

"자네 여기 어쩐 일인가? 오케스트라 행사 열외 아닌가?"

"네, 지휘자 선생님께서 부르셔서 같이 하자고 하셨습니다."

"그래?"

대장님은 한참을 고민하시더니, 말씀하셨다.

"그러면 어쩔 수 없지, 이번 행사까지만 잘 부탁하네."

"네, 알겠습니다."

그렇게 울며 겨자 먹기로 대답을 하고 바로 클라리넷 자리로 가서 앉았다. 나는 후임을 한 번 째려보았다. 내 뒤에 앉아 있던 친한 후임들은 신나서 나를 놀려댔다.

"문석환 수경님, 너무 불쌍합니다."
"제대 두 달 앞두고 송년연주회라니요?"
"웃지 마!!"

그렇게 연습이 다시 시작되었다. 모두 예전에 했던 곡들
이라 어렵지는 않았다. 〈크리스마스 페스티발〉이라는 곡
이었는데 막상 연주를 시작하니 또 저미있게 느껴졌다. 지
휘자 선생님도 만족하셨는지 표정이 방금 전보다 훨씬 좋
아지셨다. 연습이 끝나고 지휘자 선생님이 나를 부르셨다.

"너무 고맙네, 내가 대장님께 잘 말씀드려서 자네 특박
나갈 수 있게 해 주겠네."
"아닙니다!"
"왜? 특박 나가고 싶지 않아?"
"저는 부대가 편합니다!"
"그래? 자네야말로 진정한 경찰인가 보군."
"감사합니다!"

사실 제대도 얼마 남지 않았고, 나가면 괜히 돈만 쓰고 할 일도 없기에 한 말이었다. 그렇게 오전 연습이 끝나고 생활실에서 쉬고 있는데 대장님이 찾으신다는 방송이 나왔다.

"행정반에서 전파합니다. 문석환 수경님 대장님께서 찾으십니다."

'대장님이 나를 왜 찾으시지? 혹시 오케스트라 다시 열외?'

나는 잔뜩 기대에 부풀어 대장실로 달려갔다.

"석환이 여기 앉게."

"네!"

"지휘자가 오늘 연습하고 기분이 너무 좋았다고 하더라고. 자네 특박도 필요 없다고 했다면서?"

"네!"

"자네가 그렇게 부대를 좋아하는 줄 몰랐네. 내 그래서 말인데 자네 직업 경찰로 시험 볼 생각 없나?"

“네?!”

알고 보니 대장님은 내가 진짜 부대에 있는 게 너무 좋아서 안 나가는 줄 알고 경찰 시험을 보라고 제안을 하셨던 거였다.

“아, 아닙니다. 저 복학도 해야 하고, 저는 앞으로 연주자가 되고 싶습니다.”
“그래? 그럼 여기가 싫다는 뜻인가?”
“아, 아닙니다. 여기도 좋지만 저는 훌륭한 연주자가 되고 싶습니다.”
“그래, 그렇다면 아쉽지만 어쩔 수 없지. 나가봐.”

대장님은 화가 나 보였다. 경례를 하고 나오는데 솔직히 너무 억울했다.

‘아니, 내가 제대하고 복학하겠다는데 이게 욕먹을 일이야?’

하지만 그 후로 힘들 때마다 그때 대장님의 제안을 받아들였어야 했나 하는 생각을 하곤 했다.

제41화

석환의 귀환 (2)

1999년 12월 22일 송년의 밤 행사

송년의 밤 행사는 12월 22일로 잡혀 있었다. 제대를 앞두고 있어서 그런지 그해 겨울은 그다지 춥게 느껴지지 않았다. 대신 다른 동기들은 오케스트라 열외라서 개인연습도 하고 운동도 하는데 나만 개인연습을 거의 하지 못해서 불안했다. 그렇게 합주실에서 행사 연습을 하고 있던 어느 날이었다. 오케스트라 문이 열리더니 동기 두 명과 일주일 고참 한 명이 악기를 들고 들어왔다.

'무슨 일이지?'

첼로와 플루트 동기, 그리고 오보에 고참이었는데 다들 안 좋은 표정으로 각자 자기 파트로 가서 연습을 시작했다. 나는 그제야 이 세 명도 같이 행사에 나가게 된 걸 알고 절로 웃음이 터졌다. 사람 마음이 정말 간사한 것이 동기들 중 나 혼자 오케스트라 연습을 할 때는 너무 싫고 답답한 기분이었는데, 다른 동기, 고참도 같이한다고 생각하니 가슴이 상쾌해지는 기분이었다. 그날 연습이 끝나고 첼로하는 동기에게 물었다.

"너네는 왜 들어왔어?"
"아, 몰라. 지휘자 선생님이 작년에 했던 인원들 몇 명 더 참석하라고 해서."
"그랬구나."
"우리 진짜 마지막 연주겠지?"
"당연한 거 아니야?"

그렇게 우리는 12월 내내 매일 오케스트라 연습에 들어갔다. 오전 오후 하루에 두 번씩 연습을 하다 보니 조금씩 지쳐갔지만 그래도 연습 분위기가 좋아서 편안하게 연습에 임할 수 있었다. 당시에 연습하던 곡은 〈크리스마스 페스티벌〉, 〈베토벤 합창곡〉, 〈나의 살던 고향은〉이었는데 하도 많이 연주했던 곡들이라 연습 자체가 힘들지는 않았다. 당시 행사는 수원시립합창단과 협연도 있어 합창단이 최종 리허설을 위해 우리 부대로 찾아왔다.

그날따라 유난히 눈이 많이 내렸다. 오케스트라 연습을 하지 않는 잔류관들은 막사 앞의 눈을 치우러 나갔다. 고참들도 예외는 없었다. 나는 그제야 오케스트라 하길 잘했다고 속으로 생각했다. 그런데 폭설에 날씨도 춥고 해서 그런지 오케스트라 전체적으로 음정과 박자가 잘 맞지 않았다. 합창과도 합이 잘 맞지 않았다. 그러자 지휘자 선생님이 갑자기 화를 내시며 소리치셨다.

“너네들 군인 맞아? 군인정신으로 극복을 해야지!”

그 말에 어떤 대원이 버릇없이 대꾸했다.

“저희 경찰인데요?”

우리는 다들 터져 나오는 웃음을 꾹 참았다. 지휘자 선생님은 그 길로 뛰쳐나갔고 잠시 후 대장님이 들어오셨다.

"다들 군장 메."

"네?"

"못 들었어? 연습이고 뭐고 다들 군장 메고 막사 앞으로
집합!"

우리는 합창단원들도 있는데 너무나 창피했다.

"대장님, 열심히 하겠습니다!"

"우리는 군인이다, 경찰이 아니고 군인이라고!"

"네, 알겠습니다!"

그렇게 겨우 사건이 일단락되었다. 군인 정신으로 새롭
게 무장한 우리는 베를린 필 하모닉 못지않은 소리를 내
며 합창단원들의 박수갈채를 받았다. 그렇게 송년의 밤
행사날이 밝았다. 밤새 눈이 내려 밖에는 눈이 제법 쌓여
있었다. 우리는 버스에 악기와 보면대를 싣고 행사장으로
향했다.

행사장은 수원문화회관이었는데 몇 번 연주했던 곳이

라 익숙했다. 부대에서 1시간 정도 걸리는 거리였다. 오전 11시 30분쯤에 도착해서 짐을 나리고 인근 갈비탕집으로 점심을 먹으러 갔다. 나와 동기들은 여유롭게 밥을 먹고 대기실로 향했다. 리허설은 오후 3시부터이고 본 연주는 7시 30분이라 시간은 넉넉했다. 대기실에 도착한 나와 동기들은 대기실 소파에 앉아 나란히 잠이 들었다. 몇 시간이 흘렀을까 잠에서 깨어보니 대기실에는 아무도 없고 나와 동기들만 덩그러니 소파에 남아 있었다.

"어?!"
"다들 어디 갔지?"
"어떡해?!"

시계를 보니 3시 30분이었다. 다행히 눈 때문에 합창단 몇 명이 도착하지 못해서 리허설이 미뤄졌다고 했다. 우리는 안도의 한숨을 쉬고 각자 파트로 들어가 앉았다. 때마침 합창단원들이 도착해 리허설이 시작됐는데 어제보다 훨씬 소리도 좋고 잘 맞았다. 그렇게 일사천리로 리허설이 끝나고 연주까지 다시 3시간 정도가 남았다. 저녁은 도시락이었는데 나는 전에 도시락을 먹고 배탈 난 적이 있어 나와 동기들은 도시락을 먹지 않고 인근 식당에서 먹기로 했다. 작년이었으면 상상도 하지 못할 일이었다. 식당에서 밥을 먹는데 동기 중 한 명이 말했다.

"우리 맥주 한잔할까?"
"안 돼, 그러다 들키면 어쩌려고."
"한 잔인데 뭐 어때?"
"그럴까?"

그렇게 우리 네 사람은 맥주를 한 잔씩 마시고 행사장으로 향했다. 도착해보니 행사 30분 전이었다. 나는 부랴부랴 악기를 조립하고 불어보는데 악기에서 술 냄새가 나기 시작했다. 겨울이라 히터를 틀어서 그런지 점차 속도 좋지 않았다. 연주 시간까지 얼마 남지 않았기에 나는 조금만 참아보기로 하고 무대에 올랐다. 연주를 시작하려고 하는데 갑자기 속에서 뭔가 부글부글 끓어오르기 시작했다. 동기들을 보니 그쪽도 마찬가지인 듯했다. 그래도 도중에 나올 수는 없기에 나는 꾹 참고 연주를 계속했다.

그 뒤로 어떻게 연주를 마무리했는지 기억이 나지 않는다. 그날따라 하나같이 곡들도 길고 중간에 쉬는 시간도 없어 정말 사경을 헤매면서 연주를 했다. 연주가 끝나고 지휘자 선생님의 표정을 보니 큰 실수 없이 잘 마무리가 된 것 같았다. 나는 한겨울이었음에도 불구하고 식은땀으로 온몸이 젖어 있었다. 연주가 끝나자마자 우리 넷은 화장실로 달려갔다. 우리는 칸칸이 앉아 처음 맥주를 마시자고 했던 동기를 원망했다.

"그러게 마시지 말자고 했지?!"
"미안."
"끝나고 마시면 되잖아?!"
"미안."

그렇게 1999년 12월 송년의 밤 행사도 무사히(?) 끝났다. 나는 그 후로 한동안 맥주는 입에도 대지 않았다.

제42화

뒤늦은 소원풀이

2000년 1월 국립대전현충원 안장식 행사

드디어! 내가 제대하는 2000년, 새 밀레니엄의 해가 밝았다. 다가오는 2월 28일이 제대였던 나는 매일 개인연습과 운동으로 시간을 보내고 있었다. 고참이 되기 전 하루에 행사를 네 개씩 뛸 때는 그렇게 빨리 가던 시간이 더디게만 흘렀다.

다른 후임들은 그해 3월에 있을 경찰대 졸업식 연습으로 한창 바쁘고 긴장하고 있을 때였다. 그 무렵 나는 제대 전 마지막으로 안장식 행사에 참여하게 되었다. 안장식은 경찰로 복무하다가 순직한 분들을 기리는 행사로, 국립대전현충원에서 열린다. 우리에게는 소위 말하는 꿀행사여서 너도나도 가고 싶어 했다.

보통 의장대와 악대 몇 명이 파견 나갔는데 일단 오케스트라 단원들은 제외하고 잔류관들 중 선발되어 나가는 행사라 나는 입대 후 한 번도 가 보지 못한 행사였다. 나는 이런 꿀 행사를 한 번 못 나가보고 제대를 하면 너무 억울하다는 생각이 들었다. 하루는 근무를 편성하는 후임을 찾아갔다.

"○○아, 나 이번에 안장식 행사에 넣어 줘."

"네??"

"이번 안장식 행사에 나가게 해달라고."

"문석환 수경님, 말년이신데 혹시 다치시면 어쩌려고 그러십니까?"

"아니야, 내가 진짜 진짜 나가고 싶어서 그래."

"정말이십니까? 그러면 이번에 넣어드리겠습니다."

나는 뛸 듯이 기뻤다.

'드디어 안장식을 나가 보는구나!'

행사 연주는 총 12인조로 트럼펫 세 명, 트럼본 세 명, 클라리넷 세 명, 타악기 세 명으로 구성되었다. 행사 당일 오전, 버스에 올라 출발을 기다리고 있는데 한 동기가 사복을 입고 밖에 나가고 있었다. 나는 창문을 열었다.

"상우야, 너 어디가?"

"어? 석환아, 나 외박 나가."

"외박? 왜?"

"어, 나도 나가기 싫은데 반장님이 나가라고 하시는데?"

"????"

"근데 너 왜 행사 나가? 딴 애들도 다 외박 나가는 것 같던데?"

"아, 진짜?"

"너 행사 왜 나가냐고?"

"나… 안장식 너무 나가 보고 싶어서……."

"뭐라고?"

듣고 있던 동기가 웃음을 터트렸다.

"쯧쯧……. 사서 고생을 하는구만. 그럼 수고해."
"상우야!"

동기는 얄밉게 택시를 타고 가 버렸다. 나는 그제야 뭔가 잘못되었다는 것을 느꼈지만 버스는 이미 대전으로 출발한 뒤였다. 오전 8시 30분에 출발한 버스는 10시쯤 현충원에 도착했다. 안장식은 길게 잡아도 10분이면 끝났다. 우리는 오전에 행사를 끝내고 거기서 오후 5시까지 자유시간을 가졌다. 나는 할 일이 없어 자유시간 내내 벤치에서 졸았다. 버스를 타고 용인으로 돌아온 뒤에는 부대 앞 중국집에서 짜장면과 탕수육을 먹고 생활관으로 복귀했다.

생활관으로 들어가니 한 후임이 물었다.

"문석환 수경님, 어디 다치신 데는 없으십니까?"
"몸은 괜찮은데, 마음이 아프네. 괜히 나갔나 봐."

그러자 다들 말년에 왜 안장식 행사에 나갔냐며 핀잔을

주었다. 나도 괜히 뭔가 오버한 것 같아 후회가 밀려왔다.

'그냥 나가지 말걸 그랬나?'

그렇게 내 군 생활 마지막 행사도 끝났다.

제43화

문석환 제대하다

드디어 기다리고 기다리던 2월이 되었다.

나와 동기들은 부대에서 특별히 할 일이 없어 연습실에서 하루 종일 연습을 하거나 탁구를 쳤다. 밖에 나가면 자주 연락하자며 미리 이별 연습을 하기도 했다. 제대 일주일 전에 제대 휴가라고 6일 정도 휴가를 다녀온 후 복귀해서 제대 회식을 하고 제대를 하면 되었는데 다들 그렇겠지만 차라리 6일 빨리 제대하면 안 되나 싶은 마음이었다.

우리가 제대 휴가를 나가는 날이 우리 일주일 고참들 제대날이었다. 일주일 먼저 제대를 하는 게 그렇게 부러울 수 없었다. 우리는 서로 부둥켜안고 그동안 너무 고생했다며 펑펑 울면서 이별했다.

제대 휴가를 나갔지만 딱히 할 일이 없었다. 연습을 해도 잘 되지 않았고 마치 다시 입대하기 전으로 돌아간 기분이었다. 휴가 첫날 꿨던 꿈이 아직도 생생하다. 뭔가 춥고 오슬오슬해서 번쩍 눈을 떠보니 내가 다시 훈련소에서 훈련을 받고 있었다. 그것도 얼음을 깨고 들어가 참다가 나오는 인내력 훈련이었다. 꿈에서 내가 조교한테 물었다.

"아니…… 지금 이게 어떻게 된 겁니까?"
"뭐야, 문석환 훈련병, 정신 안 차려?"
"네?"
"입수 시작!!!"
"뭔 입수예요? 저 제대 휴가 나왔거든요?"
"뭔 소리야?!"

그 조교는 다른 조교들을 시켜 내 머리에 물을 쏟아부었다. 물벼락을 맞았는데 생각보다 물이 차갑지 않았다.

'뭐지?'

정신을 차려 보니 욕조에 몸을 담그고 자고 있었다.

그렇게 휴가 내내 악몽에 시달리던 나는 퀭한 얼굴이
되어 부대로 복귀할 준비를 했다. 그때 어머니께서 음식
을 좀 준비했다며 나를 부르셨다. 김밥 10인분, 잡채 20인
분, 고기 10인분 등등, 어머니가 너무 많이 준비를 해 주어
서 감사하긴 했지만 도저히 들고 갈 엄두가 나지 않았다.
그때 동기인 상우의 전화가 울렸다.

"석환아, 나 차 갖고 갈 건데 우리 같이 들어가자."
"진짜? 나야 좋지."
"응, 내가 너희 집으로 갈게."

한 시간 정도 지나 상우가 집에 도착했다. 어머니가 준
비한 음식을 싣고, 또 가다가 상우네 형이 하는 피자집에
들러 피자를 다섯 판이나 얻은 후 부대로 향했다. 양손 가
득 먹을 것들을 가지고 생활실에 도착하니 후임들이 박수
를 치며 반겨 줬다. 다른 생활실의 후임들도 찾아와서 제
대를 축하해 줬다. 우리는 반장님께 미리 허락을 받고 시

끌벅적하게 먹고 마시며 즐거운 시간을 보냈다.

2월 28일 오전 10시, 우리는 대장님께 제대 신고를 했다.

"수경 문석환 외 1명, 2000년 2월 28일부로 제대를 명 받았습니다. 이에 신고합니다."
"그래 고생했다. 시간 되면 자주 놀러 와라."
"네!!!"

용인에서 서울로 향하는 차 안에서 나는 다짐했다.

"앞으로 부모님께 잘 하고 열심히 살아 보자."

그렇게 나의 길었던 2년 2개월 군 생활이 끝났다.

에필로그

서울에 도착한 나는 한 걸음에 집으로 달려갔다. 부모님께서는 진수성찬을 차려놓고 나를 기다리고 계셨다.

"엄마, 아빠 절 받으세요."

세배 말고는 부모님께 절해 본 적도 없던 내가 갑자기 효자가 된 것 같았다. 부모님도 흐뭇하게 나를 바라보셨다. 배부르게 먹고는 피곤했는지 나는 오후 일찍 깜빡 잠이 들었다. 얼마나 잤을까, 집 전화가 울려왔다.

"따르릉, 따르릉."
"여보세요?"
"여기 병무청입니다. 문석환 씨 맞으시죠?"

“네, 맞습니다.”

“내일이 입대여서 전화드렸습니다.”

“네? 무슨 소리세요? 저 오늘 전역했는데요?”

“네, 저희도 압니다. 그런데 내일 다시 입대하셔야 합니다.”

“에이, 지금 장난하시는 거죠?”

“아닙니다. 내일 입대 날짜 확인차 연락드린 겁니다.”

전화를 받던 나는 온몸이 떨리고 정신이 혼미해졌다. 그때 어머니가 나를 불러 깨웠다.

“석환아.”

눈을 떠보니 또 꿈이었고 나는 온몸에 식은땀을 흘리고 있었다. 그렇게 한 달이 넘도록 나는 재입대하는 악몽에 시달렸다. 그 후 복학하는 9월까지 나는 개인연습과 레슨으로 시간을 보냈다.